沒有人認識我的同學會

寫給親愛的老王

王蘭芬　文字・繪圖

［記得你封面版序言］

老王的那頂毛線帽

作者／王蘭芬

我爸當年一跟我媽訂婚，就要在紡織廠當女工的未婚妻別那麼辛苦工作了，「以後妳把家管好便可以，不管我賺多少，統統交給妳。」

兩人相差十一歲，一個來自山東農村，一個是台北藍領，我媽一直記得出嫁前家裡親戚不屑地評論，「嫁給外省人不如剁一剁給豬吃。」因此即使這個男人高大英俊顧家忠誠，矮小其貌不揚無一分嫁妝的她仍認為自己是委屈下嫁了，除了當初說好的做家務帶孩子，收下他所有薪水外，並不打算多付出些什麼。

有記憶以來的家庭氣氛就是媽媽永遠在生氣，爸爸要不盡力討好，要不無言以對，但原則很清楚，從不在我們面前說任何我媽的不是，跟不斷抱怨的我媽完全相反。

這給從小就敏感的我一種強烈的價值錯亂感，明明一直努力愛我們對我們好的爸爸是媽媽口中的剝削者，而冷淡粗暴的媽媽卻是爸爸口中「為這個家付出很多」的偉大女性。

一直記得一個畫面，我爸很早禿頭，中年以後每逢冬季穿再多都不暖，自覺問題應該是出在沒有一頂合適的帽子。當時沒現在這麼多選擇，一般只有遮陽帽，再來就是過厚不適合在室內戴的毛帽，他想要像老家老人戴的那種，薄薄的、按照頭型打出來的單層毛線帽。

但一開口拜託，我媽馬上回答，「我不會。」

老王只好自己去買了毛線跟鉤針，照著媽媽去跟鄰居問來最簡單的針法，每天下班自行研究琢磨。但這哪裡是單純鐵杵磨成繡花針只需時間體力的工作，勾出一片或許不算太難，但要收攏做圓做弧靠的還是技巧，有大半年時間，看著我爸在昏暗燈光下戴著老花眼鏡艱難地出針收針，聽著我媽一旁冷嘲熱諷。

有天，在經過不知第幾次的錯針重來後，他突然站起來大罵一句，然後用力把毛線跟鉤針摔在地上，這是在學校教書、回家還認真讀書，向來溫文儒雅律己甚嚴的爸爸第一次讓我見到的情緒失控，媽媽居然在旁訕笑。而驚訝的大女兒我看到父親半個小時後默默收拾地上狼藉，並再度戴上老花眼鏡，坐回那個破舊綻線藤椅重新編織時，似乎人生第一次釐清了些什麼。

最後老王奇蹟式地完成了夢想中的那頂帽子，得意洋洋地每天戴著，說：「看看我這帽子，真舒服。」如此二十多年，直到破爛到無法修補，他才不知從哪裡翻出我弟小時候戴的兒童毛線帽來加以替代。

如今年過半百、爸爸已經離開五年，再回頭去看，自責難過無以復加，為什麼當時才十幾歲眼明手快的我沒有想過可以出手幫忙，而是模仿媽媽的模樣袖手旁觀。

除了後悔沒有為父親編織帽子，我還後悔不曾帶他四處旅遊，沒有給他更好的晚年生活，更缺少他最期盼的陪伴，後悔到常常不自覺想打電話回那已是空屋的高雄給爸爸，告訴他，「（我的龍鳳胎）甜甜堂堂考上北一女跟建中吔」「小開心（我弟女兒）運動會跑步第一名」「妹妹的升等論文通過」「媽媽的病治好了，她終於明白你對她有多好」，好多好多事想跟爸爸說，覺得可惜他沒有活到可以收到各種超棒消息的現在。

等我寫出了《沒有人認識我的同學會》，得到許多讀者的喜歡，更多人因此認識了可愛的老王，甚至大田出版社總編輯莊培園很愛這本書到願意在初版五年後重新換封面再印。

這世界與好人們一點一滴療癒了我的心，溫暖得像無形的毛線密密包裹受傷的靈魂，更教會我領悟：老王心心念念的一切，在他走了之後全都美好地實現了。

念念不忘，必有迴響。我爸用盡一生所努力的，全都沒有浪費，即使人不在了，那心意仍於宇宙間善意循環，使我不再畏懼死亡，因為好事會繼續發生。

過往誇下海口要幫他寫一本書卻總沒實現，但老王每次都像第一次聽到似的開心回答，「如果我這樣平凡的王競存可以被寫成書，那可真是太不得了啦。」

［推薦序①］

感情黃金之弦，串起時光手環

作家／朱天心

蘭芬將此新書稿交給我時，其實我早已讀過大半本了。只因為我是她臉書的忠實讀者，這兩年，尤其寫王伯伯的文章我一篇沒錯過，直到去年的王伯伯老病離世。（我清楚記得臉書上她寫〈老王下台一鞠躬〉，我忍淚含笑暗嘆，是哪樣一種修為、瀟灑、溫文、不讓子孫罣礙的人世依戀……才也可能有後代子孫的可以對生死瀟灑脫吧。）

眾多的臉書中，何以蘭芬的獨獨讓我念念必追索，我猜，她以家庭為出發所記錄下歷史即將翻過的那一頁（連幼年兵總隊來台時不及槍高的桑品載今都年過八十了！）亦即一九四九年南來的父輩們的生命史，是我始終不能忘懷的題材；另，蘭芬記者出身的筆，特有一種準確直白、不閃避不矯飾的魅力，或該說，是兩者混糅而成的特質吧，使得她在台灣現下文學圈大量家族史／生命史的書寫中，顯得彌足珍貴。

那些家族史的書寫，原也是我十分期待的，但大多時候，我只見到大量文字的堆累如未經過疏果的果樹（快把主幹壓頹了），濃烈丟擲的色塊中找不到祖先們最起碼的面貌和聲音（有時，我在字裡行間會依稀聽到祖先們的大喊「CUE我！CUE我！」）因此，美學有了，書也夠厚，獨獨不見人影，不見那個我們念念不捨因此想寫下他們的初衷。

這很難嗎？我如此若有所失讀完那些父輩們沒頂其中的作品，再回頭看蘭芬舉重若輕的此書，覺得既難（令人想起鄭人買履）、又其實簡單不過，或許，關鍵在感情，在這個沒什麼人還相信感情有何用的現下（認真的就輸了），蘭芬不只對父輩情深、也對那些在時間大河中偶遇又錯身而過的人深深感懷記掛，她以感情的黃金之弦，串起了屬於她的時光手環，是如此地光燦、如此地動人。

［推薦序②］

歷史的海平面上，故事閃閃發光

作家／張惠菁

很久很久以前，我們住的這個叫做地球的行星上，到處都在發生戰爭。行星的表面，人類大規模遷徙。這段歷史，我們好像很熟悉，因為它就發生在二十世紀，台灣也捲入其中；但它又好像很遙遠，處處陌生，因為，在所有一切發生過的事當中，只有極少數曾被說出口。只有少數的經驗，藉由文字和故事的浮力，浮上歷史的海面，被理解，甚至被當作人群代表性的經驗。其餘巨大的量體，有的，當事人覺得不值得說；有的，找不到說出口的語言。不可知不可憶，沉落在歷史不可言說的海底。

在王蘭芬的這本書裡，歷史一望無際的海平面上，許多故事因她浮出水面了，在陽光下閃閃發亮。其中的一些，我最早是在臉書上讀到的。我讀到她父親突然病了，她已意識到有父親在身邊的日子不會太長。她在盡力看見那所餘的時光裡，笑著的時刻，即使我幾乎都能讀到，她是那麼地不捨，一定是哭著回憶的。再過一陣子，讀到她父親走了。她在臉書上說：老王下課了。一鞠躬。知道那是一個人生完成，她說了故事，她也放手了，放手給歷史的大海的遼闊。

讀收在這本書裡的回憶故事時，我會一直意識到，那片「海」的存在。王蘭芬是我們的說故事人，深海採珠者。在她的回憶之外，還有好大的空白，這她也知道，但她並不試圖去分析那片不屬於她第一人稱的汪洋大海。她不談經濟、社會、時代大事，只從她的回憶裡取物。所以我們的視角，會和她的記憶一起模糊，進入一些神祕的事件，比如泡在酒裡的奇怪的菌；遭遇她來不及了解的人，比如她口中的「魯蛇」老師們。當然，還有她的三爺爺、她的父親。他們是歷史裡的小人物。王蘭芬用回憶的鏡片，對準他們在她經驗世界裡出現時的模樣。對歷史其他龐然的部分，她不說。因為她是如此謹守回憶的光束照得到的範圍，我們反而更清晰地看見，在那之外，有暗處的存在：書中的每個人，一定都有更多人生遭遇，是沒有被言說的。

發生了許多，能說出來的只有一點點。關於他們走過的那個大時代，歷史大把大把地遺漏。要知道，沒說，不等於平凡到不值得說。一個年輕學生在戰火中離鄉背井，差點要一輩子當兵（沒人問過他的個人意志），反抗命運而逃走，去上補習班考大學，不是平凡的故事。組成一個家，不是平凡的故事。多年之後返鄉，把父母親的骨灰帶到台灣永遠安葬，不是平凡的故事。書裡的每一個人，看似再日常不過，實則是神話英雄式的經歷。甚至年輕的一代，王蘭芬那念了十一年博士班的弟弟，也是一樣。他們在歷史沒有交代的空白處，完成了系譜中的一次創生（老王家的第一個大學生、老王家在台灣出生的第一個孩子、老王家的第一輛車、老王家的第一個博士……），或過完自己從沒想像過的一輩子。相較於《巨流河》等此前觸及過二十世紀離散歷史的作品，王蘭芬完全沒有觸及到的是「國族」。她的故事也真不是關於國族，是關於人。這些人不是國族命運的決定者，他們流離求生，輾轉安頓。當王蘭芬出現在老王生命裡時，他已經在離鄉背井道路的終站了，有一個安在台灣的家。作為老王家第一個在台灣出生的孩子，王蘭芬從她的記憶視角寫起：高雄的夏天、她父親給她上的昏昏欲睡的英文課、過年不放進冰箱的餃子，每逢中秋就要挨家挨戶去送的提漿月餅，「那些已被地球寬容地吸納為養分的我真切流過的汗水淚水……」，她用記憶向歷史的大海打撈。

王蘭芬究竟擁有什麼祕密的能力，能讓故事浮出無名歷史的水面，對抗遺忘？她召喚故事，在原本沒有故事的地方，從別人以為沒有故事的人身上。她的父親、她的老師、三爺爺、老胡，她的妹妹、弟弟……小人物的故事從集體的大歷史析離現身，獲得他們應有的光芒。是什麼賦予了這些故事浮力？不是史觀，不是國族命運，也不是任何的理論，或「正確性」。那讓故事在時間和歷史的滅頂遺忘中浮升出來的，是什麼力量？

如果你問我，我會毫不猶豫地說：那是「愛」。

在歷史的深海大洋裡，許多人，許多事，來過，發生過，消失過。大海遼闊，時間悠久，總有一天，我們也都會沒身其中。但在生與逝的熙攘之間，有一個蘭芬宇宙。她甚至不必爭執，不必向時間大聲主張什麼，她只是說著他們的故事。於是，她愛的人，她所記憶的他們，從遺忘與無名的海底升起。歷史的海平面上，故事閃閃發光。

目錄 CONTNETS

〔記得你封面版序言〕老王的那頂毛線帽／王蘭芬 002
〔推薦序①〕感情黃金之弦，串起時光手環／朱天心 006
〔推薦序②〕歷史的海平面上，故事閃閃發光／張惠菁 008

卷一 謝謝這個家

中古世紀高中生軼事 019
床底下的祕密 022
我的魯蛇老師們① 閃亮老奶奶 028
我的魯蛇老師們② 卸任總統的特權 034
我的魯蛇老師們③ 賴瞎魔 046

我的魯蛇老師們④我爸爸 053
咱老王家的第一輛汽車 068
提漿月餅與三爺爺 076
山東煎餅 084
誰家也有這個？ 088
我寫的第一本書 092
俺不逮 094
酸餃子 096
爸爸向爺爺奶奶報告的話 101
職業病 103
不可思議的緣分 105
我妹妹 110

卷二　奇幻老人

那年老王二十一　120
老爸的新鮮事　122
很久很久以前的愛情故事　125
大家辛苦了　129
起點　132
奇幻老人　135
老實人　139
就算失智也不忘奸詐　143
有點可愛　145
老王穿新衣　147
虧大了　148

說句不中聽的話 149
留不住的故事 152
九旬老人的生日願望 155
從現在起，好好規劃我的犯罪之路 157
醫院電梯 162
我的後頸 165
賣銀絲卷的女人 167

卷三 總是突然就會想起

寧死不從 174
我弟弟 176
全世界最寂寞的女孩 180
妳是麗莎嗎？ 182

殺手鐧　184
電影看太多　185
撿骨師　187
老王回老家　192
鮮奶油山東大饅頭　204
他的名字　207
麗莎再見　209
鎌倉物語　211
總是突然就會想起　212
沒有人認識我的同學會　213
【後記】漫長的等待　222

卷一

謝謝這個家

爸爸是「溫拿」（winner），是我的「愛豆」（idol）。
雖然英文教得很不怎麼樣，
但他教會了我人生中許許多多更重要的事。

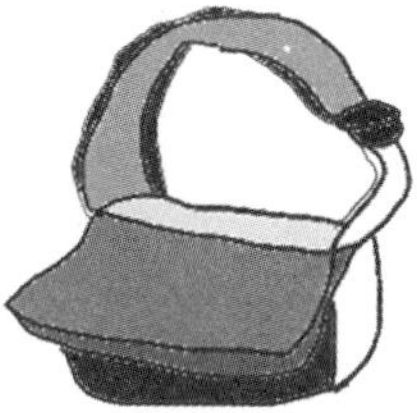

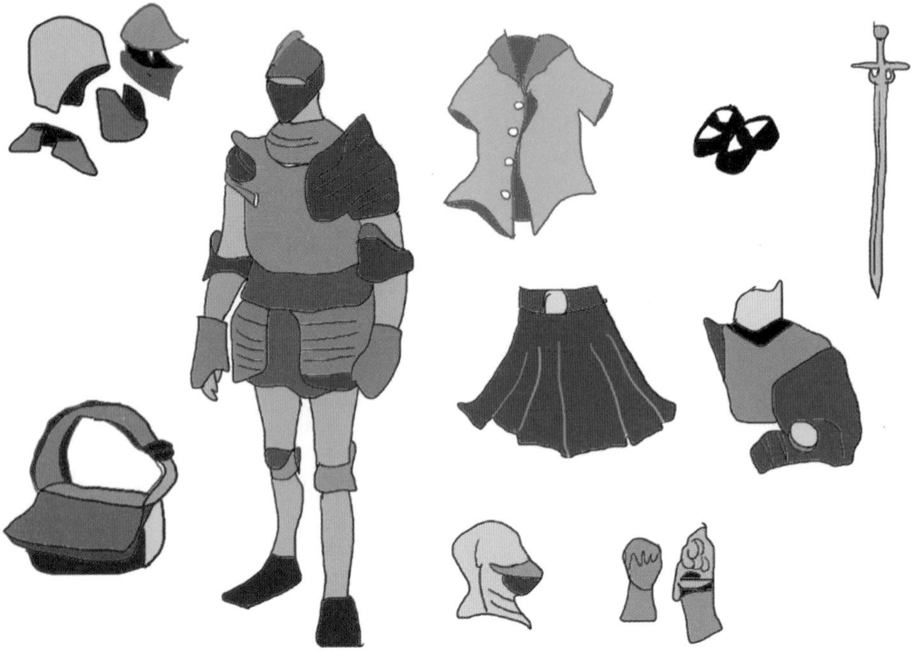

我跟傳奇中最後尋得聖杯的帕西法爾一樣，原本不知為何而來，姿態笨拙，常常顯得可笑，但永遠不變地讚嘆所能經歷的一切。

中古世紀高中生軼事

很久很久以前，差不多等於文藝復興前歐洲「黑暗時期」那麼久的以前，在台灣南部再南部一點的一條大馬路旁，生鏽落漆的藍色鐵捲門裡，站著中古世紀時才十五歲的我。獨自立於陰暗的飯廳，手上拿著剛剛由郵差遞給我媽媽，我媽媽再拍在桌上叫我自己去看的，高中聯考成績單。

考得很差，第五志願。我爸爸看完成績單後，摘下老花眼鏡。從那天開始，整個高中三年他一句話都沒再跟我說過。

爸爸媽媽同在那一刻開始，以行動表示對我巨大的失望與痛心，他們不再多看我一眼，不再過問我的任何事。從此我像一只狂風暴雨中終於斷線的風箏那樣，濕答答地乘著任何一絲願意承載我的風，拚命飛翔。

每天早上我比誰都早起，騎著腳踏車與只有我能看見的圓桌武士一起奔馳在軍校路上，清晨的陽光跟六百年前的沒什麼差別，鳥兒也跟中世紀的鳥兒一模一樣地在我們衝過時嘩啦啦啪啦啦四散而去。我與我的騎士們高舉寶劍，大喊大叫地指向我們各自心中的那個聖杯的方向。

日日感謝著上天，跟圓桌武士跪地胸前畫十字一樣虔誠，不管我們信奉的是不是同一位。

感謝我考上的是第五志願，感謝這第五志願有著如此古老美麗的校園，感謝家與學校之間是剛剛好的悠閒舒適腳踏車可達的距離，感謝我的老師與同學們都確實擁有著第五志願應有的散漫自在，感謝學校裡有一幢充滿綠樹、陽光、舊書香氣、樸素安靜的圖書館，感謝在學校附近就有兩間票價極度便宜、平時人很少的營區電影院，感謝放學後的一樓自修教室前整排老欖桂花黃昏時總在細碎蟲鳴聲中香氣沁人，感謝只要一格公車票的花費就可以直達有著遼闊一望無際沙灘與鋪天蓋地而來卻和緩宜人浪濤聲的海邊。

感謝爸媽放棄了對我學業上的期望，感謝上天。

我跟傳奇中最後尋得聖杯的帕西法爾一樣，原本不知為何而來，姿態笨拙，常常顯得可笑，但永遠不變地讚嘆所能經歷的一切。

上課時，騎士輕勒韁繩讓坐騎在陽光燦爛的走廊上來回踱步，那噠噠的馬蹄聲總令我分心，開始想著遙遠的事，想著現在所學得的一切是銳利的寶劍，於是生出興高采烈的勇氣來，我要揮舞著它劃破凝滯的空氣，好好探險這神奇的世界。

後來我找到聖杯了嗎？

高中那三年聚集成爍亮的火把指引了方向，我與騎士們狂歡呼嘯地前進，即使跌下馬搞得一團糟，或是摔痛了哇哇大哭，也還是一點一點往前挪動了。

而今仍常常似乎聽見噠噠馬蹄聲似的猛然回頭望向來時路，那幽然小徑涼蔭深林，那我曾經親自踩踏過的每一寸土地，那些已被地球寬容地吸納為養分的我真切流過的汗水淚水……在甜美的空氣中若有似無地輕輕閃亮著。

或許十五歲時決定獨自努力飛翔的那一刻，聖杯已悄悄被塞進我的手裡了。

床底下的祕密

我爸床底下，有個祕密。

我爸我媽有了我才開始學當爸媽的，面對家裡第一個超乎想像太多的青少年，已被生活重擔壓得疲憊不堪的兩個大人，沉默是他們表達痛心與無能為力的唯一方法吧。

在好不容易被一所大學錄取了的那天，我媽對著在樓下書房裡的我爸喊：「上了，有學校了！」

爸放下手邊的事，我聽見他很快帶上房門爬上樓梯的聲音，途中似乎還絆了一下。

他用異於平時的速度走過來，有點慌地戴上老花眼鏡，拿起錄取通知單湊近看了很久，之後慎重地平放在桌子上，退後一步又看了很久。

他抹著按著那張紙，好像怕它跑掉，還用手指在上面咚咚咚敲了好幾下，停住，盯住它再敲幾下。

那天吃完中飯，爸氣喘吁吁地樓上樓下跑來跑去，最後把我叫過去，滿頭大汗很高興地指著地上兩個大紙箱說：「小芬啊，妳現在考上大學了，妳不是愛看課外書嗎？這裡這些夠妳看了，今年暑假儘管看，我不限制妳了。」

我知道那兩個紙箱裡裝的是什麼。

爸爸在我高一時偷偷買回整套三十大冊紅殼燙金每一本都磚頭一樣厚重的精裝世界文學名著。長久以來他一定一直在等著，待我考上大學那天他把這套書搬出來，愛小說的我該會多開心。

爸爸哪裡知道，這套書一進家門我就聞到了。那種新書特別的香氣，別說隔一、兩層樓，就算隔一、兩條街都能被我辨識出來。

從那天開始，每隔一段時間就跑去爸爸房間，有時候說找報紙，有時候說找毛筆，趁爸爸不在，偷偷爬到他床底下抽出一本《伊里亞德》或是一本《約翰・克里斯多夫》，塞在衣服裡面，努力放鬆臉部肌肉，一路緩慢卻毫不遲疑地直撲自己的房間，飢渴地閱讀起來。

站在那裡，跟爸爸一起俯視那足以砌出一面厚牆的書堆。

「爸，這些書我早就看完了。」

爸爸驚訝地看著我。

「還不止看一遍，每一本都看過兩、三遍。」

爸爸花了好一段時間才明白我的意思，他瞪大眼，「妳怎麼知道我床底下有書？」

「就是知道啊！」

爸爸呵呵笑起來，「知道妳喜歡看課外書，可沒想到妳這麼會找。以後上了大學，這些就不算課外書了吧。」

那次是爸爸那幾年來第一次這樣呵呵笑。小芬考上大學了，我們王家第一個在台灣出生的孩子終於要念大學了。爸爸那時一定在心裡向王家列祖列宗如此報告吧。

奇妙的是，當那些書不再堆放在黑漆漆滿是灰塵跟蜘蛛網的床底下，而是被擦得亮晶晶堂而皇之地擺上書架，突然間，原本對我來說強烈得不得了簡直是一想到就坐立難安程度的那種吸引力，竟然像海水退潮那樣，唰啦啦唰啦啦的，就此一去不復返啦。

所以說，把很希望小孩看的書藏在床底下，說不定是個好主意喔。

爸爸哪裡知道，這套書一進家門我就聞到了。那種新書特別的香氣，別說隔一、兩層樓，就算隔一、兩條街都能被我辨識出來。

我的魯蛇老師們①

閃亮老奶奶

每次聽到人家說他們遇到好老師，好老師如何不可思議地改變了他們的人生，就由衷感到羨慕。

可能因為小時候讀了不知多少遍夏丏尊翻譯、義大利作家亞米契斯於一八八六年出版的兒童小說《愛的教育》，對學校老師有了太超現實的期待。

總希望老師看見欺負同學的小孩時能像書裡那樣痛斥：「你們欺侮了無罪的人了！你們欺侮了不幸的小孩，欺侮弱者了！你們做了最無謂、最可恥的事了！卑怯的東西！」

然而一直到現在已經不用上學了，我還是遺憾這生從來就沒被像電影《春風化雨》

羅賓・威廉斯那樣笑咪咪、充滿活力到過動的程度、卻又耐心等待每一個學生的老師教過；也別提像韓劇《來自星星的你》都教授般英俊又深不可測的那種了（有超能力的當然更是完全沒有）。

在長長的學校歷程所遇到的老師中，讓我有時會抱著「啊真懷念耶」而想起的那幾位，也完全不是什麼出場會就有嘹亮小號吹奏聲相伴的英雄人物。相反的，在現今極度關心小孩教育的爸媽眼中，他們應該統統會被看成是魯蛇吧。

國小二年級，我們班導師是位年老的女士。就算當時我只有八歲，也能感覺到她不是家長會拚了命想把小孩送進她的班的那種老師。

老師矮矮胖胖的，動作很慢，耳朵有點背，班上吵鬧到窗戶都格格作響了，她還是心平氣和地說：「好，大家把作業拿來給我改，一個一個來，啊。」

然後戴上老花眼鏡，手一面指一面嘴裡喃喃念作業的內容，很專心地一本一本改。我們排隊排太久了，就研究起老師的紅筆、老師眼鏡上的長鍊子、老師用太多年以至於怎麼用力刷還是茶垢斑斑的青花瓷杯子，後來發現最好玩的是老師的頭髮。

老師灰色的頭髮燙成棉花糖般超大一蓬，而且噴了無敵多定型液，髮絲一根根又硬又挺跟真的鐵絲一樣。

我們用手去碰，哇，好硬，再用手指去捏，捏了會彎但不會斷。有人用力太狠，不小心拔下一根，旁邊的人失聲大叫，老師才恍恍然緩慢轉過頭來說：「啊？怎麼了？」

小孩子在這樣的老奶奶班上，都像被溺愛的孫子那樣，氣氛相當自由散漫。別班老師或是別班家長經過時，會用別有意味的眼光瞄我們班。

我知道那是什麼，才二年級的小孩竟然懂得那些目光的意義。但不知為何卻因此有種豁出去的解脫感。

很開心地在坑坑巴巴水泥走廊上跳橡皮筋跟玩沙包，上課鐘響不用像別班小朋友慌慌張張，慢慢進教室也不會被罵，老師已經踮起腳尖寫黑板了，根本搞不清楚班上小朋友到齊了沒有。

我的花

有次上美勞課，每人發一個勞作包，裡面有幾種顏色的泡棉紙。老師說小朋友，用這些泡棉剪出花來，貼在白色厚紙板上，完成了按照號碼五個五個放在黑板上，老師來打分數。

花啊。

想起來家裡院子種的茉莉、桂花，路邊隨著風輕輕搖頭的不知名的色彩繽紛的小花，我像被點了穴那樣呆看材料很久很久，才開始動手剪出大大小小好多不同顏色花瓣跟葉子，層層疊疊地貼在厚紙板上，紙板都快承受不住那些泡棉的重量了。

把顫巍巍的花立在黑板的粉筆槽上，看著其他同學只貼一層的薄薄清爽花朵，心想啊糟糕，這個勞作我做錯了。

老師站在教室的最後面抱著手臂往前看，看完座號一到五號，再看下一輪的五到十號……突然她說：「啊，那個第一張，妳不要拿下來，就放在那兒，給大家看看。

小朋友你們都注意啊，花就應該是長這樣的呀，嗯……好漂亮的花啊！」

那個第一張，就是我的花。

居然沒有做錯嗎？雖然跟大家都不一樣，老師還是誇獎我了。

聽到老師提醒，之後再交上來的小朋友，也都快速加上好幾層花瓣跟葉子。我偷偷跑去站在老師旁邊，很有心機地裝作不在意說：「老師，現在大家的花都變得好漂亮了。」

老師微笑地看了我一眼，「嗯，但還是妳的最漂亮。」

說起來大家一定覺得我很誇張。在破破爛爛的教室裡，抬頭看著老得不得了的老師，那一瞬間，外面的太陽照進來，老奶奶背後出現一道道光束，笑容閃閃發亮，好像聽見交響樂，鼻子聞到天堂的香氣，感覺到一種從來沒有過的幸福跟溫暖。

很想衝上前抱住她，最後卻還是不知所措地呆呆站在原地。

如果當時有勇氣抱抱老師就好了。

放完寒假的下學期，走進教室的是一個不認識的年輕女老師。同學們也沒人討論這件事，只是自動不再大肆吵鬧，上課鐘聲響起都知道要匆匆跑回座位。

偷聽同學的媽媽聊天，她們說老師年紀太大，管不動小孩，被學校強迫退休了。

後來不論經過多少年，在什麼地方，只要一動手做起什麼創作，就會想起老師。

老師說：「還是妳的最漂亮。」

我的魯蛇老師們②

卸任總統的特權

四年級我從那個古老的有很多大樹的老學校，轉到離家比較近的新蓋好的小學，那個學校裡的樹都還很瘦小，必須用很多木條支撐住。

導師居然是男的，而且是個理了平頭簡直像電視裡黑道大哥模樣的中年人，從幼稚園以來只被女老師教過的我忍不住有點害怕。

但老師在開學第一節課就指定了我當班長，而且交代相當大的權力和業務量。他說：「我不在你們就全部都要聽班長的啊。」

老師果然常常不在，我每每在上課後十分鐘還不見人來時趕快跑去休息室找，找不到就衝回教室在黑板上寫生字讓同學們各抄一行，接著收作業改作業（老師把有作業答案的教師手冊也交給我了），管秩序，監督早上跟傍晚的打掃。

老師為什麼常常不在跟遲到呢？

我什麼都沒跟大人說過，可是心裡不知為何就是明白，老師去喝酒了。

老師應該是我的人生中認識的第一個酗酒者。

下午第一節課最容易出狀況，因為午餐時總是會喝，喝到滿臉通紅地進教室。這時的老師會變得更有趣，說話做事都樂呵呵的，講起課文來意興遄飛，旁徵博引，不管我們回答什麼他都哈哈大笑，同學們也跟著很歡樂。

這是喝得少的，如果喝多了，他會在座位旁自己架起的行軍床上呼呼大睡。睡到整個辦公室老師全去上課，只剩他一個人躺在那裡，肚子隨著響得嚇人的打呼聲起伏。電風扇喀噠喀噠轉過來轉過去，也吵不醒他。

這種時候我不敢靠過去，只能悄悄溜回教室，拿出課本站在黑板前出生字或是數學習題。

其實除了喝酒誤一點事外，老師其他都很好。講課有趣，也不像其他男老師愛體罰，他也樂於讚美學生，對體育活動充滿熱情，大隊接力時他雖然一如既往堅持穿著西裝褲與尖頭皮鞋、皮帶勒出一個大大的啤酒肚出現在操場，卻會在炎熱太陽底下滿臉通紅跟著班上選手一路跑，一面中氣十足地大聲加油。

為什麼女生不可以？

那年運動會，學校決定要舉行盛大的繞場儀式，各班都動員起來做班牌班旗，老師們忙著找出班上或者運動最強，或者最高大，或者口令喊得最好的男生來當掌旗員。

我們老師卻看著我，說：「就妳吧！妳來掌旗！」

我急了。

心裡很清楚老師疼我，但實在怕了別班老是用奇異眼光看我們班，跟我這個老是奔波在校園裡的班長。

「老師，我不行，我口令喊不大聲。」

「那有什麼，多練練就行了。」

「我也不知道怎麼掌旗。」

「這簡單，我教妳！」

馬上去抄了根掃把斜靠腰際，「這樣，一二一二，敬～禮！」老師呼地把掃把往下一倒說：「就這麼簡單！」

等到訓導處把全校掌旗員集合在操場練習時，才發現，果、然、只、有、我、一、個、女、生！

就說吧就說吧，大家一定覺得我們班很奇怪，覺得我很奇怪。

這樣委屈想著，訓練結束馬上奔回班上，忍著莫名其妙很想落下的眼淚說：「別班都是男生掌旗，只有我們班是女生掌旗。」

老師張大眼驚訝回答：「誰說女生不可以掌旗，男生可以做的，女生當然也可以！現在都什麼時代了，我認為妳做得比男生好！」

就這樣，我成了那年我們學校唯一的女生掌旗員。經過司令台前時，吹起一陣風，在鼓號樂隊〈雷神進行曲〉演奏中，我高高舉起的班旗漂亮地飛揚起來。

台上的音樂老師用高亢的美聲喊道：「現在經過司令台的是四年二班，四年二班的掌旗員是今天唯一的女生，讓我們為她掌聲鼓勵！」

但我完全高興不起來。

那時不知是不是因為我是轉學生，加上一來就被選當班長（當然也不可忽略我的白目性格），有個個子很高，說起來小小年紀就有點大姐頭氣質的女生，率領幾個同學，每天很有耐心地找我麻煩。

她們算是為我打開了一扇全新的窗戶吧。

為我那由故事書、卡通、好天氣、兒歌唱片、好吃的東西、樸素的家人所構築的小小世界，打開了一扇「啊世界上真的有惡意存在」那樣子的窗戶。

她們喜歡聚集在一起竊竊私語，不時用嫌惡的眼神看向我，且巧妙地一定在我視線範圍內做這些事情。然後派人來裝作不在意地轉達：「大家都說妳很驕傲、妳爸爸是老師所以才能當班長、班上的人都討厭妳……」

後來漸漸不僅動口也動手了，經過走道時伸腿來絆我，叫坐我前後的兩個女同學用桌椅卡住座位，讓我下課時連站也站不起來，我說妳們怎麼可以這樣，她們就笑笑地來推我的肩膀打我的臉。

對於一個十歲的小孩來說，這一切差不多是地獄了。

但不知為什麼，那時也不曾向誰求助。

總覺得這些人邪惡得超乎我的理解能力，不管我做什麼說什麼一定馬上會被她們知道，然後又成為她們攻擊的材料。

誰都沒有資格

我記得手球教練做了什麼。

那天炎熱晴朗，黃昏時終於比較涼爽，校隊集合要練習了。同樣也是球員的高個子女生派了她的親信去跟教練說：「教練你讓她繼續留在這裡的話，我們就全體退隊。」對話進行時，她們幾個人圍成一堆氣勢洶洶。

我站在另一頭垂手而立，閉上眼睛仍可以透過眼皮感覺到橘色的陽光。汗水從髮際順著臉頰不斷流下來，漬進眼裡痛到都要流淚了。

手球教練是個脾氣溫和的大個子，就算全高雄市國小組手球比賽到了戰況最緊張的時刻，球都傳到對方球門前了，隊友抬高手臂正要射門，卻一掌被敵人巴走，像這樣連我都忍不住氣餒的情況，他也還是樂觀地拍拍手爽朗喊道：「快回防快回防，很好很好！」

從不激動暴怒，就是這樣一個教練。

當初不知看重我什麼，我回覆他我媽說好好念書不要參加什麼球隊，他居然在放學後，親自騎著腳踏車到我們家，一面用大手帕抹著滿頭的汗一面勸我媽：「王蘭芬真的很有運動天分，讓她試試看好嗎？這是為校爭光，也是好事啊！」

若不是他高壯身材與那頂永遠壓在厚厚頭髮上的棒球帽，戴著粗黑框眼鏡、總是有點駝背、模樣十分敦厚老實的教練真的不太像運動員。

這樣的教練在南台灣特有金光閃閃的黃昏裡，靜靜聽著我那些同學說的話，然後他吹起集合哨。

有種走不動的感覺，腿很重很重，我拖著步子低頭看腳底下變長的影子。

不擔心教練叫我退隊，我在意的是，教練一定失望了。一定很後悔花這麼大力氣，結果找來的是如此不受團隊歡迎、造成這麼大麻煩的球員。

教練問：「希望她退隊的舉手我看看。」

那群人面無表情地一個一個舉起手來。

教練又問：「為什麼要她退隊？」

幾個人面面相覷，然後大姐頭說：「我們不喜歡她，大家都討厭她。」

「為什麼？」

「沒為什麼啊！」大姐頭無所謂地聳聳肩，「就是看她不順眼。」

接著發生的事，三十多年後的現在回想起來，就算對於往事總是歷歷的我來說，也還是一片模糊。

說不定是因為我的眼睛跟耳朵都被淚水淹沒了。

教練突然說話越來越大聲，指著那幾個同學，從不生氣的他，第一次那麼情緒失控地破口大罵，連原本拿在手上的點名板，都被他摔在地上。

他的憤怒響徹放學後寧靜的操場，甚至傳到大樓牆壁後又被彈回，聲音來來往往繞了好幾圈。

最後教練深呼吸了幾次，撿起點名板拍一拍，看起來很累很累的樣子說：「妳們沒有資格要別人退隊，想退隊妳們就退吧。」

這時我的腿不重了，而是變得很軟很軟，軟到幾乎要跪下去。

腦中只有一個念頭，她們都是很強的球員，沒有她們，手球隊就完了，到時教練怎麼辦？

那幾個女生對看了一會兒，憤恨地去拿書包，氣勢洶洶離開球場。

教練對著剩下的隊員說，去抬球籃，每個人先練習射門十次。

教練又恢復成平常的教練，剛才的風暴一點痕跡也不留地消失了。

第二天放學，那幾個同學居然一個一個出現，照老樣子練球，沒人提起昨天的事。奇妙的是，大姐頭與她的從眾們原本極度緊密的連結，似乎從那天開始有了一絲絲鬆動，有時我甚至可以聽見那逐漸解體的細微聲響。

兩位老師對我的保護

運動會之後，我鼓起勇氣跟導師提議：「老師我不要當班長了。」正在改作業的老師驚訝地抬起頭，「啊？為什麼？」然後笑起來，「累了想退休嗎？」

我說班上很多人不喜歡我，不當班長她們就不會老是找我麻煩。

老師揮揮手繼續改作業，「別理她們就好，妳長大就會知道，到處都有這種人，理都理不完。」

我堅持地站在桌邊不肯走，老師停下筆看看我，又揮了一次手，「好好，不當就不當了吧，明天我再選一個。」

然而我的退休並沒有帶來和平，反而讓那群人更有名目找我麻煩。例如現在她們因擁有一個風紀股長的同夥而可以隨時記我名字。

那天早上老師進教室，把黑板上被記名字的人叫起來，一個個去青蛙跳。

黑板上記的都是男生，除了我。

我正掙扎著該不該辯白我真的沒講話，老師開口了：「王蘭芬不用跳。」

那群女生轟地站起來，大喊不公平，老師偏心！

老師笑著提了提勒在肚子上的皮帶，「聽我說啊，你們知道各國退休總統都有禮遇跟一些特權吧？不當總統之後還是可以有免費辦公室、汽車，還有退休金什麼的，所以班長也是啊，班長為我們班貢獻那麼多，我們也應該給退休班長一些特權，退休班長被記也不用處罰，這就是對她的禮遇。」

這之後說也奇怪，雖然她們還是找我麻煩，但至少就不亂記我名字了。大概她們知道記也沒用吧。

升上五年級，不再跟大姐頭同班，我才終於得以從惡夢中醒來。

高中時聽說老師過世了，才四十多歲。

我一直一直記得，在十歲那年，莫名其妙被推入某種惡意地獄的我，曾經得到兩位老師如同薩波達王救鴿那樣溫暖善良的保護。

此後雖然不可能成佛，但我總是儘量對人好，這是我回報老師的方式。

我的魯蛇老師們③

賴瞎魔

國中一年級第一次上國文課時，我興奮又期待地望著教室前方的門口。

不是我在自誇，從小學一年級開始，國語一直是我最喜歡最拿手的，因此上了國中的現在會是怎樣氣質的老師來教我們呢？他會帶我們學習更深入的中國文學嗎？我雀躍地想像各式各樣的可能性。

上課鐘打了很久很久之後，終於有個老師走上講台。

說我當下立刻失望到眼眶發黑一點也不為過啊。

國文老師穿著高雄炎熱天氣裡很少人穿的全套深藍色西裝，不知道是流汗還是太久沒洗頭，使得他天然鬈髮像某種活生物那樣，漆黑油亮地巴在頭上。

他的上唇留著跟頭髮一樣漆黑的小鬍子，皮膚比一般人白，肚子很大很大，不知道在想什麼的眼睛總是望向遙遠的地方。講話有種奇怪的腔調，不是外省腔或台灣腔那種，應該說更像是外國人講國語。

老師甚至沒帶課本，他一面吸著齒縫裡可能是午飯留下的菜渣，一面不清不楚地解釋因為他剛報到所以學校還沒給他。他借了第一排同學的，「好吧，你們先跟著我念一遍第一課。」

這一念，同學們對他僅存的一點點敬意終於蕩然無存，大家猶猶豫豫地跟著念兩段，之後竊竊私語的聲音越來越大……

老師念錯了，這個字不是這樣念吧。

他跳行了，漏掉兩行耶。

真的沒有走錯教室嗎？

最後這些竊竊私語在他再一次念錯字時，終於爆發開來，變成潮水一樣的哄堂大笑向他湧去。

老師吃驚地抬頭望著大家，這是他第一次眼睛的焦距對在我們臉上。沒有像我預期的如同其他老師在教室秩序大亂時總會出現的勃然大怒，相反的，他看起來非常害怕。

他說：「怎麼了嗎？」

老師，你念錯了，這個字不是這樣念的！

哦……哪個字？那你們怎麼念？

同學們七嘴八舌地念了，他聽不清楚，慌張地問了離他最近的人，好幾次之後才聽懂。好吧，那就這樣念吧！還有其他問題嗎？

從此，國文老師再也得不到任何尊重。國文課上，同學不是在底下畫東西傳課本，就是等著看老師鬧笑話。

繼續往下念

高雄有點難得的微涼秋意時，我們上到沈復《浮生六記》裡的〈兒時記趣〉。

老師好不容易不再滿頭大汗，仍堅持穿著那深藍色的全套西裝。午後的陽光金黃金黃照在玻璃窗上，老師念著：

余憶童稚時，能張目對日，明察秋毫。見「毛」小微物，必細察其紋理，故時有物外之趣。

老師，是「藐」啦，不是「毛」，藐小微物！

啊？哪個字？喔喔，這個啊，應該都可以吧？不可以嗎？那好，就念藐，大家注意了，是念藐不念毛。

調皮的男生互相用手肘頂來頂去，拿彩色筆在課本裡的人物臉上畫小鬍子，愛幹什麼就幹什麼，亂成一團，反正老師從來不生氣也不罵人。

一日，見二蟲鬥草間，觀之，興正濃，忽有「棒」然大物……

老師，「龐」然大物，不是「棒」然大物！

喔好！老師拿筆在課本上註記了一下，龐，ㄆㄤˊ。

忽有龐然大物，拔山倒樹而來，蓋一「賴瞎魔」也。

賴瞎魔？賴瞎魔？賴瞎魔是瞎密碗糕？

連班上最不專心的男生都停下手邊的事，趕快從抽屜裡拿出（還很新的）國文課本來翻看。

老師，應該是念「ㄌㄞˋ ㄏㄚˊ ˙ㄇㄚ」吧？

另有認真的同學反駁：可是課本上寫的是「癩蝦蟆」啊，「蝦」怎麼會念「ㄏㄚˊ」呢？

底下七嘴八舌熱議著，老師不知所措站在台上，半天得不到正確答案，就繼續往下念了，之後再遇到，還是念「賴瞎魔」。

異鄉人

從此以後，大家都叫國文老師賴瞎魔，例如：

欸，反正這節是賴瞎魔的課，我們繼續來玩賓果。

奇怪的是，就因為這樣錯誤百出的國文課，反而使得我對每課課文都留下深刻印象，尤其是老師弄錯的那些字。

連好學生都沒辦法專心上這堂課，他們常翻自修找正確答案以免被老師誤導。

但不知為什麼，我反而比其他課更努力地端坐聽講，希望老師感覺到班上至少有人還把他當成一位老師。

或許看到他時，我會想到我爸爸。

我爸爸從山東到台灣來，在國中教的也是國文，他在家裡常把課本拿出來問我們這個字怎麼念，那個字怎麼念。

爸爸比任何人都認真備課，準備補充材料，花很多時間解答學生的疑問，仔細改作業、出考卷。爸爸也是我在這世上見過最好學的人，從有記憶以來，他一有空就是在看書。

但每每上課，山東口音念不好某些字時，還是會引來學生的訕笑。

在那個年代，台灣突然聚集了來自四面八方的人。他們因著各式各樣的理由前來，大多背負的是不幸與漂流，其中一部分人則是終身孤獨，想望著永遠無法歸去的故鄉。

我不知道老師是從哪裡來的，也不知道他後來怎麼樣了。

當年的異鄉人，現在許多都已不在。

藍西裝老師或許沒辦法把我的國文教得多好，但我一直沒有忘記老師臉上驚慌害怕的神情和〈兒時記趣〉。

我的魯蛇老師們④

我爸爸

退休前，爸爸是高雄一所國中的國文老師。從我們家到那個學校，距離十公里，爸爸每天騎自行車來回，一騎騎三十年。

因為離得遠，家裡三個小孩都沒念過爸爸任教的學校。

但爸爸還是我們的老師。

小學一年級開始，每天早上五點半就被沉重的腳步聲與拍在小腿上的巴掌叫醒，我跟妹妹早餐還沒吃、睡眼惺忪地坐在小茶几旁，爸爸攤開楊實秋編的國中英文參考書，拿著自製的鐵絲指棒，用他濃濃的山東鄉音從音標教起。

這堂課上了六年，把國中三年的英文課程驢推磨般緩慢沉重但紮實地念完背完寫完一遍。讓我跟妹妹上了國中後，閉著眼睛考，英文永遠都能一百分。

但爸爸不知道，我們的英文胃口也因此磨光，像十年怕井繩那樣，看見洋文第一個反射動作就是躲開。從不用上這堂清晨的課那天開始，歡欣鼓舞地再也不想多看一眼。

國中三年，我翻開英文課本便想起清晨刺目的陽光和昏沉沉的腦袋，立刻瞇起眼想睡。英文成績備受羨慕的榮景，只到十五歲為止。

教國文的爸爸，為什麼這麼希望我們英文好呢？

知識就是力量

十七歲時，為了躲避共產黨掀起的清算鬥爭，爸爸跟著學校從山東一路往南逃難。那時說得好聽是流亡學校，其實上課的時間遠遠沒有移動、挨餓與掙扎著試圖活下來的時間多。歷經千辛萬苦好不容易活下來抵達台灣，卻被送到澎湖編成軍隊，這下念書真的成了遙不可及的夢想。

又熬過好多年的艱困辛酸，老爸終於能坐在台北的必成補習班裡，準備在一年內念完所有高中課程再考大學。

很久很久以後爸爸才願意多說一些：「我是整個補習班裡最老的學生，也是程度最不好的一個，還坐在最後面，老師在黑板上寫什麼都看不見。人家是用一年的時間複習過去三年學的，我是用一年的時間從頭學三年的課程。」

國文因為有底子勉強可以學好，英文從ＡＢＣ開始死背，數學根本鴨子聽雷加上呆若木雞。下課後又因為種種恐懼，不敢在破舊僅供（稍微）遮風擋雨的租屋處念書，只能坐在植物園裡，啃著饅頭（或窩窩頭）一本一本用最笨的方法念誦記憶課本。

那個離家千萬里的異鄉青年，覺得自己可能永遠考不上大學。幾個老鄉曾經提議，可以去瑞芳煤礦挖煤，或是學開計程車謀生。計程車他試了幾次，緊張起來煞車油門換不過來，連哪一隻是右腳哪一隻是左腳，都想請教請教別人。下礦眼看是唯一一條生路，他住過基隆，馬上想到那裡永遠下不完的雨。

因此有天發現自己居然考取學校，找到一份教職，娶了妻生了子，還能住上一個能真正不進風不漏雨的房子。

爸爸覺得老天著實厚待他，因此戰戰兢兢地想用雙手捧住這樣好不容易得到的幸福送給自己的兒女。那就是可以在溫飽安穩的家中，好好讀著《古文觀止》跟《紅樓夢》和所有以前夢想的那些書，踏實仔細背好英文單字（數學就算了，我們王家沒那基因）。知識就是力量，他一生都這麼相信。

以這樣的個性，如果有機會多讀學位，或許能在某個堆滿書籍與資料的研究室中，做個無比快樂的老學究（他是我這生認識唯一一個可以讀完全套大英百科全書的人）。

但現實是他無田無產沒有背景，天涯海角飛來的孤身種子，落了地便得拚命扎根存活。在國中裡當個國文老師，忠厚老實，謹記老家母親說的每一句話，不投機，不養壞習慣，省吃儉用，安分守己，久了就成個誰也沒把他放在眼裡的「糊塗仔」。

「糊塗仔」這稱號是學生給他取的。

因為生活了十多年的老家帶給他終身無法校正的鄉音，念起國文課本，底下那群生下來就聽跟說閩南語的學生，一字一句地偷笑，舉手說：「老輸，利念這個扣文，偶們聽嘸啦！」

爸爸趕緊問是哪些個字聽嘸了，回家再三練習，第二天上課，照樣還是那個音。學生樂壞了，老是愛找字來叫他念，念完班上一陣狂笑。別班同學每天看這老師被學生嘲笑，居然也不生氣，光是下課時自己喃喃反覆讀了再讀。用閩南語罵他，還笑咪咪朝人點頭，覺得有夠傻氣。於是糊塗仔的名號就傳開來。

糊塗仔的另一件事

不光是學生，學校老師職員也覺得爸爸古板不懂變通。

那是民國七十年代，小小學校不過四十來個教職員，卻有八、九成的人參加了當時風行的地下投資公司。個性活潑的某位男老師，進每間辦公室都樂呵呵地喊：「投資啦！投資啦！」整個學校喜氣洋洋，人人一見他就笑。大家都跟，拉著爸爸也投，說好賺得不得了，至少可以買輛小汽車開開，別再騎那破爛自行車了。

我爸說，只見過天上下雨，沒見過下餡餅的。我賺的錢養活老婆孩子沒問題。剛教書時一個月薪水七百塊，結婚後有一千兩百塊，到民國七十幾年那會兒，已經可以說維持生活綽綽有餘了。投機取巧，期期以為不可啊。

於是空閒時間，爸爸都不待在辦公室裡聽眾人盤算利息的激情喧譁，拿著籃球到球場猛練。老師們往窗外望去，搖頭笑他，真是個冬烘先生。只有爸爸的好友若有所思地說：「不是冬烘，是五柳啊。」

過沒多久，有人甚至還沒拿到第二次高額利息，投資公司倒閉了。所有投下去的或者多年積蓄或者老婆私房錢或者親友借貸或者說不出出處的祕密資金，全成了打狗的肉包子。

小小的學校裡，像被丟了個強力啞彈那樣，炸出一整片無聲的哀鴻遍野。

畢竟都還是老師，有念過書的，到底得維持斯文形象，勉為其難地繼續照常教書上班。但黃昏降旗之後，書生們推派一位身體很好的女老師，抓著當初帶頭幫忙投資的人，又是喊又是鬧的，呼天搶地：「賺錢不容易啊，我們不像你們家是兩個人賺錢那麼好過，我六個孩子你要叫他們怎麼活，逼急了狗也跳牆我們全搬到你家去，當初是你找我們投的錢，說穩賺不是嗎？錢是你拿去的，就該你還給我們，你不還我死給你看！」

那個帶頭的老師，在投資初期，不知得到多少這些人的感恩戴德，搭肩敬菸奉茶，提著水果到家裡，深怕他不收地把大把鈔票塞他懷裡，拜託讓他們參加。現在一個個站在這嚎叫得簡直不像人類的女人背後陰影裡，瞪著血紅的眼，隨時要扒他的肉啃他的骨。

帶頭老師向來風度翩翩，豈能容忍天天被這樣騷擾。於是賣掉家裡兩間房子，硬嘔出他根本沒拿到的錢，還給這些為人師表。爸爸挺擔心他，問他還好吧，對方說沒什麼，只是晚上睡不著，白天沒精神上班。

他請假越來越多，已瀕臨遭解雇的邊緣。爸爸那天想，今天他再不來事情要糟糕，該不會不僅投資失利，連飯碗都要丟了吧？

但那位老師竟然還是沒來上班。過了一會兒，消息傳進辦公室，說他被火車撞死了。

被冤枉的孩子，才是最大的傷害

爸爸是農村孩子，從小雙腳踩在厚厚泥地裡長大的，他見識過戰爭迫使人瘋狂及死亡，但從不知道貪婪也會。從此他總是提醒自己跟我們家三個小孩，寧願省吃儉用，也絕對不要去貪取不應得的好處。

糊塗仔自此更是把心思放在讀書、打球和教學上。

因為從來不爭，所以大家都不想教的班，他可以帶，大家都頭痛的學生，他願意收。一次一個班上男生帶集郵本到學校，放學時發現少一張，回家跟他爸爸講，他爸爸便寫一封信，說顯然郵票是坐他兒子旁邊的那位同學偷的，請老師一定查辦。

爸爸把兩個學生都叫過來，問那個指控者，你怎能確定是旁邊的同學偷了你郵票呢？他答：「一定是他，他以前就偷過人家東西，有前科。」

被指控的學生梗著脖子瞪著大眼，說：「沒錯我以前偷過人家東西，但是這次的郵票我真沒拿。」

糊塗仔這時可一點也不糊塗，現在兩人都沒有證據，但也都立場明確。他只能從兩個孩子表現出來的細節去判斷，或者說推理。

當老師就是這樣，有時是父母、是教導、是朋友，是被暗中寄託恨意與嘲罵的對象，很多時刻還要當包青天。

我爸回想：「掉郵票的孩子確實是損失了，而他懷疑的人說真的也不是憑空想像。可是呢，被指控的孩子有種坦然，這很難忽略。才這年紀，要不就是壞透了爛到根柢了，要不就是他真的沒拿。但如果真是壞成那個樣子，估計怎麼處罰也沒用。」

萬一他是清白的，卻被冤枉，那才是天大的傷害。最後爸爸決定相信後者，並向失主與他的父親說明自己的調查結果。爸爸不知道自己的判斷有沒有錯誤，只知道最終郵票還是沒有出現。

很多很多年後，媽媽有一次去公家單位辦事情，承辦先生看到媽媽給他的資料，立刻抬起頭來問，這位是不是以前某某國中的老師呢？媽媽說對呀，你怎麼知道？

「啊，師母妳好，」他趕緊站起身，畢恭畢敬地說：「我的名字是某某某，請幫我跟老師問好。以前老師在學校對我很好，很想念老師。」

媽媽回去講了，爸爸於是想起來，他就是那個被說偷郵票的孩子。

今天不收錢

同樣多年後重逢的，還有一個女孩。

她是班上的問題學生，一開學就給爸爸出了個難題。那年代上學該穿什麼規定都是鐵律，不要說穿不一樣，就算穿一樣了，還得通過嚴厲的服裝儀容檢查才行。但這個女生怎麼也不肯穿制服，堅持每天穿運動服上學。

爸爸正在斟酌處理方式，有學生跑來報告祕辛。說是女生小時候發高燒，燒出問題。原來是身體不好的小孩，爸爸想了想，就不強迫她一定穿制服。

趁著女孩不在教室裡，爸爸跟班上學生說明為什麼只有她可以隨意穿。但國中生的世界是很無聊又煩悶的，老師背著某個同學宣布點什麼，未免太有趣了，於是事情馬上傳到那個女生耳裡，還是個添油加醋版。

接下來的那堂課上，女生突然站起來，指著爸爸破口大罵：「你當什麼老師，在背後說人家壞話，我頭殼哪有壞，頭殼壞掉的是你！」

那是個什麼年代？那可是有髮禁、衣禁、鞋禁、歌禁，從高雄坐最快的火車到台北要八個小時，學校裡有國語推行委員還有專管思想的保防幹事，學生上學時間在外遊蕩會被帶到少年隊的戒嚴時期啊。

在課堂上辱罵老師，訓導主任完全可以可以痛打一頓（一九九九專線四十年後才能接通）然後記兩支大過留校察看的。

但爸爸不想驚動訓導主任，他請女生的家人來學校一趟。

女學生家都是種田的，一聽要去學校，趕緊召開家族會議，最後推派了念最多書，曾經在師範學院上過學、當時在開小吃店的舅舅上場。

爸爸跟舅舅一見如故，談天說地。爸爸沒有告女學生的狀，他說：「今天請舅舅你來，是希望可以回去好好跟外甥女解釋，我絕對沒有講她腦袋壞了這種話，跟同學們提到的是她身體不好，老師考量之後決定她可以穿運動服沒關係。既然是開特例，就得跟大家說明。」

舅舅回去後，第二天開始，女同學便按照規定穿制服了，更不曾再發生課堂上公然嗆聲的事。

又過去很長時間，爸爸一個多年不見的好友從台北跑到學校找爸爸。從來只在家吃飯的他，開心之餘決定要好好請個客，聽人家說觀音山的燒酒雞很有名，便興匆匆地騎自行車載好友前往。

才坐下來，來點餐的店員大喊：「王老師！」爸爸認了老半天，才發現這正是當年怎麼都不肯穿制服的那個女生啊。

女生已經是個成年人了，不像以前在學校那麼寡言，她開心地叫來舅舅，「以前我國中那個王老師來吃飯，記不記得？你還幫我去學校，阿舅今天不可以收錢喔。」

「不行不行！哪有這種道理？妳畢業這麼多年還記得老師，老師已經很高興了。千萬不可以不收錢，不收錢我現在就走。」

席間女學生不斷來關照爸爸與好友，最後結帳時，舅舅還給打個很大的折扣。兩人牽自行車要離去了，女學生還在百忙之中跑到門口：「王老師再見，謝謝王老師！」

爸爸現在八十多了，說到這件事，笑咪咪的：「感謝我沒有必要，至少看起來她並沒有因為那件事生我的氣啊。」

謝謝妳愛我

自從上次胃潰瘍造成嚴重貧血在急診室待了兩晚後，爸爸體力衰退不少。我說爸爸，我在臉書上寫寫你當老師時候的故事吧。他樂呵呵：「這有什麼可寫的。無關乎人類存亡或是國運民生，都只是些小事。」

「爸，還有一個我印象好深刻的，就是去麵攤的。」我說。

爸爸聽力也差了很多，啊？啊？什麼？聽我喊了半天，也還是沒想起來。

其實我還記得這個很久以前聽到的故事。爸爸剛當老師時，同事面授機宜：「你教那個班，學生壞的呀，送你一根藤條，記得不乖的就打，打打就老實了，這個班就好帶了。」

班上有個男生，上課不聽講，光是趴在那裡睡覺。睡覺就算了，還動不動跟人打架。爸爸說：「有一次實在把我惹急了，藤條拿出來叫他伸手，他就是不肯。好，你手不伸，只好請學校把你家長叫來。」男生被打了一下，抬頭倍感屈辱地瞪著我爸。

「我覺得他不是怕痛，他是怕在同學面前丟臉，自尊心受損。下課把他找來，我說以後我不打你了，但你得上課好好聽講，升不升學不要緊，至少國民義務教育要受完啊。他答應了。那天放學放得晚，我肚子餓，問他願不願意一起去吃東西，我們一起在學校附近找了一家小麵館。那時我聽他說，爸爸不在了，只有媽媽撫養他跟弟弟妹妹，所以想趕快不要念書，好替家裡賺錢。」

「五、六年後，居然收到他的喜帖。我跟妳媽媽去吃他的喜酒。去了才曉得，因為我帶他去過那家麵館，他畢業之後留在店裡當學徒，結果居然還跟老闆的女兒結了婚，你說這是不是姻緣天註定啊？」

我問爸爸，爸，你都不記得了嗎？爸爸說，好像是有這麼一回事，但記不清了。哎呀，聊太久，我得去休息休息了。

這就是我的老爸爸。逃了久久的難，吃了很多很多苦，離家鄉非常非常遙遠，一輩子都騎自行車，每天在家吃飯，總是待地下室的房間讀書，沒教出過個什麼功成名就的學生，沒被誰特別看得起過，但從沒貪得別人一塊錢，也從沒亂花過一塊錢，很有禮貌，對人客氣，平生最怕對不起別人，最不願意給人添麻煩。

在同事跟學生眼裡他是糊塗仔，是個魯蛇老師。

但在我心中，爸爸是「溫拿」（winner），是我的「愛豆」（idol）。雖然英文教得很不怎麼樣，但他教會了我人生中許許多多更重要的事。我說：「爸爸，我很愛你。」

爸爸呵呵笑得很開心，用那永遠改不了的山東鄉音回答我：「謝謝妳，謝謝妳愛我。」

咱老王家的第一輛汽車

明朝從雲南一路遷徙至膠東半島山東省葦頭村核桃樹下終於定居的王家，傳到我爺爺時正值硝煙四起，我們這一支唯一的男丁我爸爸（他弟弟很小就因飢荒誤食有毒野菇不在了）逃難來到台灣。

回溯我們這一分脈的王家歷史，至今三百多年。我爸爸是我爺爺唯一的兒子，我弟弟是我爸爸唯一的兒子，而我弟弟生了女兒還沒有生兒子。因此或許「核桃樹下王家」唯一在台灣開枝散葉的一頁家族史，將在我弟弟這裡寫下句點。

今天我弟把他新牽的車子開回高雄，一點也不誇張地說，這是咱老王家史上第一輛汽車。

清末出生的我爺爺在家鄉時，交通工具還是馬驢騾，那會兒他騎著驢到縣城念中學，可是轟動整個韮頭村的時尚大事。

我高祖、曾祖都是種田的，整個韮頭村的人也都是種田的，會念書念到考上縣城中學的，方圓百里也就我爺爺一個了。

那時當然沒有三輪車、摩托車、貨車，更別提私家轎車了。從這村到那村，串門子、走親戚、買東西、送貨、下田、上學一律兩條腿走。只有收成不好，大饑荒時，能看見整家整家往東北跑路的，會由男主人推著一種叫「二把子車」的交通工具。

二把子車顧名思義就是有兩根把手，推車的人把車用兩條帶子綁牢了套在雙肩，兩手抓住把手嘿呀一聲往前走。獨輪車上有兩個分開來的空間，一個裝老婆小孩，一個裝家當。如果家裡有大一點的男孩子，站前面也綁繩子套住，爸爸在後面推，兒子在前面拉，就這樣，「闖關東」去。

幸福牌自行車

民國五十四年剛畢業的我爸找到第一份工作，在高雄教書，領到薪水馬上買了人生第一部屬於自己的交通工具——幸福牌自行車。他每天騎著來回家裡學校，車子又大又重，齒輪的側面包在像現在羽球拍袋形狀的鐵片裡，有一條橫管可以調整高低位置。

我出生後，爸爸在管子上綁了一個小藤椅給我坐，媽媽坐後座。等有了妹妹弟弟，拆掉藤椅，我跟妹妹兩個同時側坐橫管，媽媽抱弟弟還是坐後面。我媽個子很矮卻很靈活，可以抱住弟弟追著爸爸的自行車後面小跑幾步，然後一躍而上比她腰還高的鐵坐墊。

爸爸騎著自行車載我們全家，哪裡都可以去。假日去爬山，生病看醫生，過年過節買糖果餅乾，拜訪親友。爸爸總是強壯又不會累，我跟妹妹坐久了腳麻，爸爸就單手一個一個把我們「提一提」再放下來，還要常常提醒我們不要睡著，不然會掉下去。

我還沒上小學就會騎腳踏車，手緊抓住有我身體兩倍寬的把手，右腳穿過橫管與車架組成的三角形空間中踩住踏板，就可以大車（歪）小人地優游於巷弄之間。

我爸這輩子只騎自行車，我們家第一輛機車是為我弟買的。他高中時表示因為學校很遠堅持必須要有一輛。但我們都知道他其實是想騎去打球、載妹，空閒時再去打個架。

我弟是一個很不受教的人，從小他就不知哪裡來的信念，認為自己的天下自己打。幼稚園開始就打架打到鄰居媽媽天天來家裡告狀，對我跟妹妹很嚴格的爸媽卻都不太敢管教他，老覺得他這麼橫衝直撞一定有他的道理。偏偏高中考得還不錯，他乾脆把高中當成大學過，每天玩耍（鬼混）到半夜才回家。

大學果然考爛了，但離家到外地念書這件事莫名地對他影響很大，他漸漸不太耍狠，而且變得很愛念書，大學畢業念完碩士又念博士，我們整個傻眼想說你何時這麼有上進心？

合該是天意，他博士班找了個他覺得專業是台灣少有的指導教授，誰知這老師有種隱士般的恬淡（？）把指導論文這件事看得很開（？）於是很快地他的博士生全部跑掉，只剩我弟一個。

全世界都勸他換指導教授，但我弟小時候那個拗勁復發，不換就是不換，還放話說就不相信我只靠自己寫不出論文來！

論文當然寫得出來，但學校規定的三篇國際期刊呢？沒有老師幫你共同掛名，一個遠在亞洲的小島台灣、名不見經傳的研究生，有哪個國際期刊會登你寫的東西？

我弟不甩任何忠告也好威脅也好，就是一個人埋頭找資料、做研究、寫論文，找資料、做研究、寫論文……還自己跑到日本去做功課，並請一位他很欣賞的學者幫忙看他的論文。

如此十一年……（驚）。

這期間他交了女友，結了婚（很幸運地遇到超級棒的女孩），找到很不錯的工作。不過對我弟這頭蠻牛來說，拿到博士學位就像是那塊紅布，只要它在那邊晃動著，他無論如何就是要衝過去。

他女兒小開心出生後，上天終於注意到地球上還有這麼一個不死心的老學生，他女兒一會講話，只要有人問她：「爸爸呢？」她就會回答：「爸爸在司搭罷客司寫胚婆」（爸爸在 Starbucks 寫 paper），這麼同心協力為了論文努力的一家人，怎麼能不加以眷顧？

決定買一輛車

突然有天，第一篇被登上國際期刊的論文出現了，連鐵石心腸的我都忍不住喜極而泣。

接下來第二篇、第三篇，天哪，博士學位到手了！居然繼續有第四篇、第五篇、第六篇……那些過往滿懷期待寄出卻石沉大海的論文們一一浮出水面，好像約好了似的短短時間內陸續在各個國際期刊上輪流放煙火。

然而小開心的爸並沒有因此停工，依舊日日夜夜「在司搭罷客司寫胚婆」，因為另一塊紅布還在遠方飄揚著。我弟說：「爸爸說得對，我適合當老師！」

喂，你何時那麼聽爸爸的話了？你知道現在沒有外國文憑要找大學教職有多難嗎？你知道外面有多少流浪博士嗎？你還要你老婆當假性單親媽媽多久？喂？喂！喂～

去年，我弟取得了大學教職。

他人生中第一次不用再為了什麼紅著眼每天埋頭去衝去撞了，可以過上他期待許久的規律研究與教學生活，可以多陪陪爸爸媽媽跟老婆小孩，於是他決定買一輛車。

我爸跟我弟說，正好，過年的時候你可以開車載我們去掃你爺爺奶奶（爸爸把在大陸過世奶奶的骨灰帶回台灣）的墓，過年期間計程車都不願意載到墓園，已經兩、三年都這樣，今年倒是可以全家人都去。

「我要去跟你爺爺奶奶說，我們王家終於出了個博士，還當上大學教授，讓我們的老祖先們也高興一下。」

這就是關於老王家終於有了第一輛汽車小小的幸福故事。

提漿月餅與三爺爺

到這個年紀，我才開始喜歡提漿月餅，一吃提漿月餅，就想到三爺爺。有記憶以來，每到中秋節，我們家就會有堆得跟山一樣高、一盒盒高雄厚德福飯店製作的提漿月餅。

很樸素的正方形紅色紙盒（內側是卡其黃的紙原色）燙金字，打開來看到四個又厚又大又硬的圓形月餅，有八寶、伍仁、棗泥、蓮蓉、椒鹽等口味。不管哪種內餡都會有很多芝麻，把盒子拿起來晃一晃，硬硬的月餅在散發厚紙板氣味的盒子裡喀啦喀啦地響，空氣裡全是麻油香。

拿到月餅後，我爸會用紅色塑膠繩綁好，把它們掛在腳踏車手把上，用力踩著踏板奔波在高雄縣市境內，送給那些山東老鄉和我爺爺的朋友們。

說起來相當小康（以前學校調查家境都是勾這個，因為再下一個是清寒，就算是也不能承認）的我們家，本來不可能有這麼多月餅吃，每年中秋這些月餅全是三爺爺從工作的厚德福飯店花了一整個月的薪水買來送給我們。

小時候我常想，什麼都沒有的三爺爺給我們那麼多，那我們可以給三爺爺什麼呢？然而直到三爺爺過世，我也沒能報答他，哪怕一丁點。

連夜奔逃

在爸爸山東老家，除了自己爸爸的爸爸叫爺爺外，爺爺的兄弟照排行喊大爺爺、二爺爺、三爺爺……他們的姐妹我們則叫姑奶奶。

所以三爺爺是排行老大的我爺爺的三弟。

王家除了老大很會念書，考上縣學還考上南京的中央警官學校，其他兄弟都留在老家種地，過著非常艱苦的農村生活（日子難過到我爸現在講起來還會流淚）。

他們這一代人，好不容易熬過了日本人打中國，卻又碰上國共內戰。因為我爺爺在南京加入國民黨，老家幾十個成員的家族被劃成國特跟地主，共產黨規定一家必須鬥死多少人才夠分量。

聽到消息全家人連夜奔逃。

三爺爺、四爺爺算是年紀較長有出過門的，憑記憶將包括曾祖在內的一群人從棲霞帶到煙台。在那邊，年輕力壯的就分散在大城市的各個角落靠勞力換取家人勉強可以餬口的薪水。

當時三爺爺的工作是修飛機場，一天傍晚下工，才走上橋，聽見橋頭橋尾又喊叫又吹哨子，國民黨軍隊派人堵住前後，橋上的男丁全被抓去當兵，從此三爺爺跟著軍隊打遍（應該是「煮」遍，他是伙房兵）中國大陸，最後跟著到台灣。

到台灣的雖然見不到家鄉親人，至少還留著一條命。我四爺爺跟他小舅子後來實在沒飯吃，也加入國民黨軍隊，卻在途中得了瘧疾，小舅子照顧了幾天，眼看軍隊要移動不能帶他走，四爺爺把手上一塊錶摘下來交給小舅子，說：「你要是能回家，把這交給你姐姐，告訴他們母子好好過日子。」

後來他小舅子逃回家鄉，帶回錶，傳了話。

然而到現在也無法知道四爺爺再來的遭遇。起初他的孩子都懷抱希望他也逃到台灣了，民國八十年我爸他們回鄉探親，已經是老年人的姐弟巴巴地來問：「在那邊有看到我爸爸嗎？」

才知道這個人確實是沒有了。

紅包永遠最大包

三爺爺到台灣後，當兵一直當到年紀大，身體也不好，終於獲准退伍。進到厚德福飯店當廚工，工作辛苦得不得了。印象中，他的背一直是駝的，走路時兩隻手臂艱難地在身體兩側划呀划。

當廚工沒賺多少錢，幾乎都花在我們這些來台灣才出生的小孩身上。

我媽懷我時，他不夠錢買整隻，只好把飯店肉削光的金華火腿骨頭帶給我爸，讓他熬湯給我媽喝。每年過年，買好多炸肉丸、燒雞、鴨架子、大魚頭，又瘦又矮的他風塵僕僕換兩趟公車、走好遠的路，大袋小袋提來我們家。

還給我們紅包，每年我們收到的紅包裡，三爺爺給的永遠是最大包的。

他不擅言詞，因為脊椎有問題，所以講話也很小聲。我們歡天喜地說謝謝三爺爺，他只是擺擺手嘟囔著一、兩句聽不出來是什麼內容的話語，真的有話他會努力把頭抬高，扯著嗓子喊：「小芬小儀功課好啊？」媽媽要他留下來吃飯，通常只喝一碗湯，喝完站起來擺擺手，弓著背安靜地走出去趕路回家。

直到兩岸可以通訊，收到的信上寫，老家的妻子因為一直等不到他，孩子又小，實在沒辦法，已經改嫁了。

每年中秋

提漿月餅是北方口味的月餅，又硬又耐嚼，因為餅皮需要融入大火煮滾的糖漿，那糖漿熬煮時會有雜質浮現，得用蛋白將之吸取，所以稱提漿。這種餅皮揉製過程繁複難度高，比一般廣式月餅多了八道工序，加上內餡包含極多材料，製作麻煩，現在幾乎沒有人肯做會做了。

小時候我超級嫌棄這種月餅，覺得又乾又硬，廣式跟台式月餅美味多了，皮薄餡多還軟滑，常吵著才不要吃厚德福的，我要吃外面買的！

現在已經可以吃到各式各樣的月餅，卻才開始想念這全台灣已經沒幾個人在做的提漿月餅。

最喜歡伍仁口味，裡面有數不清種類的堅果，從餅皮到內餡都可以細細嚼上很久很久，久到可以想起很多事，久到眼眶慢慢熱起來。

開放探親後，三爺爺告訴我爸他想回去了。在外面念書的我，甚至還來不及趕回高雄跟他說再見，三爺爺就像平常那樣，安靜地收拾行李，在離家五十年後又安靜地回到山東。我對三爺爺最後的印象，只剩他每次從我們家離開走入夜色時的駝背身影。

爸爸說，他們抵達了才知道，三爺爺的太太再嫁的先生已經過世。

三爺爺這生第一次跟好運離得這麼近，他回到老家，住進有妻子有孩子的土房子裡，躺在紮紮實實的炕上，聽見四周人們用他熟悉的口音說話，聽見有人喊他爸爸。

幾年後，三爺爺過世，葬在靠近村子的山上。

三爺爺不在了，厚德福飯店也沒了，每年中秋節我一定想辦法買兩個提漿月餅吃，這是我懷念三爺爺的唯一方式。

三爺爺不在了，厚德福飯店也沒了，每年中秋節我一定想辦法買兩個提漿月餅吃吃，這是我懷念三爺爺的唯一方式。

山東煎餅

我姑奶奶最近身體不好，我姑姑（其實才大我一歲）孝順，想弄點好吃的給媽媽，居然從淘寶上買到山東煎餅，一斤十六塊人民幣加上運費，不過幾百塊台幣，這些老人家日思夜想的家鄉味就跨越千山萬水叮咚一聲送到家裡。

山東煎餅聽起來好像餅乾，但實際吃起來並不是那樣的東西，而是乾烙無油的一種麵食。姑姑分了黑米跟高粱口味的給我，看上去像摺疊起來的牛皮紙，也像紙一樣可以攤開來，摸起來是軟的，不易破，還可以包肉包菜一起吃。口感薄卻有嚼勁，有雜糧的清香。

我爸說以前他們家鄉沒有稻米，種的大多是小麥、高粱、玉米、地瓜，小麥磨成麵粉後價錢好，一般都是拿去賣錢，根本輪不到家用。

把高粱跟玉米磨成漿，放在大鐵板上刮得薄平乾煎。為什麼不放油呢？這是個好問題，主要也是因為以前花生榨成的油非常金貴，哪裡捨得用，但這樣居然製造出意想不到的爽朗口感。如果用小麥磨成的白麵來做，就會偏軟黏，反而沒有雜糧的酥跟脆。

那是我姑奶奶跟我爸的思鄉滋味。姑姑以前還能在高雄或是台北偶爾遇見，每次買到都像中樂透似非常開心，但這幾年不管怎麼找都找不到有賣的，打聽之後才知道會做的老師傅大多凋零。也就是說，台灣現在已經沒有人會做山東煎餅了。

山東煎餅在此地的消失，就像德行、品性或恐龍，世間所有正在及已經絕跡絕種的一切那樣，悄無聲息，默默發生，說不定兩千三百萬人之中只有我姑姑發現。

網路居然有賣，而且還可以送到台灣來。這讓我不禁要文青地感嘆一下：我爸爸這代真是奇幻人生，曾經在生存底線苦苦掙扎，拚命在地裡找尋活下去的營養，不過幾十年工夫，天上真的會掉下煎餅。

上網找了一些山東煎餅的資料，看起來在大陸仍然是生氣勃勃的食物。如果現做的話會是脆的，吃法像台灣的蚵仔煎加大餅包小餅或是燒餅油條的綜合體，完成後切好的樣子像很薄很脆很多層的蛋餅。

味覺和聽覺一樣，跟回憶是好朋友，總是黏在一起。在這什麼都已經吃得到的年歲，我爸和我姑奶奶最渴望的，是他們小時候最不值錢不稀奇的東西。跟隨著煎餅一起來的，在他們逐漸退化逐漸蒼白的大腦中，是否會畫出一道彩虹？

真的很想看看那樣的畫面啊。

味覺和聽覺一樣，跟回憶是好朋友，總是黏在一起。在這什麼都已經吃得到的年歲，我爸和我姑奶奶最渴望的，是他們小時候最不值錢不稀奇的東西。

誰家也有這個？

朋友寫，她自己用釀酒器做出了蘋果氣泡酒，看著那琥珀色酒中感覺清涼爽口的細細氣泡，口腔裡突然湧出了記憶。

以前我爸也很喜歡自己釀酒，每年新葡萄剛上市還很小很酸（我爸說就是得這種才行），我媽會去市場買一大堆回來，他們很開心地將葡萄大把大把塞進甕裡，拿大棒子用力搗，再倒入滿滿的糖，密密封口，第二年就有葡萄酒喝（小孩吃甜甜的果實渣渣，三顆臉就紅起來）。

當中醫師的我爺爺則喜歡泡藥酒，透明玻璃罐裡泡著小人似的帶鬚整根人參，或是很活潑、一搖罐子就感覺開心無比晃來晃去的海馬。

這些都還好，印象中最詭異的是兩個放在沙發邊很多年的陳舊容器。

據媽媽說那也是酒，但我怎麼也想不出那是怎麼做出來的酒。酒色很深，是咖啡色，因此第一眼看不太出異狀。但小孩的我何其無聊，不管什麼都可以蹲下來盯上很久很久。

我發現這液體裡有某種東西，而且那東西是活的！

雖然又土又呆，但怎麼也知道，葡萄也好，海馬也好，浸在酒裡後絕對都不可能還活著。因此當我發現那貼在罐子內側或趴在罐底、形狀質感大小跟碗粿差不多的玩意兒，居然會動而且好像還會呼吸時，真的瞬間眼前發白，腦子吱吱嘎嘎發出聲音那樣亂成一團。

第一個出現的念頭是，我爸媽應該是外表裝成普通人的外星人吧。不然怎麼可能會喝有活的「動——物」泡在裡面的酒（我喝過，酸酸甜甜的有點濁，氣泡又多又爽口）？

第二個念頭是，哇塞！難怪一直以來都覺得自己不是平凡人，果然……原來我根本是外星人的小孩呀（被巴頭）！

而且兩個容器不論怎麼看，都是緊緊用蓋子加好幾層塑膠袋密封住的，哪種動物可以在沒有新鮮空氣的情況下好幾年都活著？而且還持、續、長、大！

我問我媽，她說是爺爺的朋友分我們養的一種釀酒的菌，她也不知道那是什麼。又過了幾年，酒裡面的那些東西長得好大好大，連我爸媽都忍不住怕起來，才乾脆全都拿去丟掉。

幾十年過去，我的各方面知識閱歷似乎都比小時候增加不少（只剩下一點點土跟一點點呆），這個「泡在酒裡巨大的菌」卻從來沒再看過聽過。

你們誰家也有過這個東西嗎？

還是說我家曾經在那段時間，毫不知情地養過神祕的外星生物呢？

早知道就把它們放在腳踏車籃子裡往月亮騎去了……

你們誰家也有過這個東西嗎？
還是說我家曾經在那段時間，
毫不知情地養過神祕的外星生物呢？

我寫的第一本書

最近才想起來，其實我的第一本書應該不是《圖書館的女孩》，而是民國七十九年時報出版的《愛的小故事》第二輯。當時還在念大學的我寫了〈腳踏車〉投稿副刊，後來經主編焦桐收入合集中。

但家裡書架不管怎麼翻都找不到這本書，請當圖書館員的妹妹幫忙，在不開放出借的館架上找到這本已經有二十多年歷史的舊書。她讀完，蹲在書櫃間的走道上哭了出來。

妹妹個性跟我完全不一樣。爸爸走的那刻，我撲到病床上抱住我爸又哭又親大喊大叫的。我妹只是站在床邊，叫了一聲把拔，捧起爸爸的左手，然後把自己的臉深深埋進去，安靜地痛哭。

我爸的腳踏車是神奇腳踏車，可以載著我們一家五口去到任何想去的地方。那時年輕強壯的他把我跟妹妹放在車子前方橫管上，媽媽則抱著弟弟坐後面。他戴好帽子、腳一蹬，我們乘風似的往前飛馳，接著就從楠梓越過仁武到達二十公里外鳥松的澄清湖。

騎著車的爸爸在我們兩個的頭頂上方大力呼吸（好懷念那個大蒜味啊），抬頭仰望，他流著汗的臉上全是滿足。時不時問：「腳麻了嗎？我給妳們提一提。」然後單手握車把，輪流把我跟妹妹抱起來讓腿伸直一下。回程時則改成提醒：「不要睡著啊，掉下去就糟了。」（但還是有好幾次妹妹睏到把頭枕在爸手臂上）

腳踏車是爸這生唯一的交通工具。腳踏車上的五個人，是我心中永遠的全家福。

俺不逮

我問爸爸：「爸，人家山東人都說『俺』，我怎麼沒聽你說過這個字？」

爸爸：「是啊，我沒這樣說過，但我們那裡確實也有這麼說的。」

爸爸突然想起什麼繼續說：「有一次回老家，在我表哥屋裡，到了晚飯時間他那個小孫子回家。奇怪啦，給他吃這個他不要，給他吃那個，那個也不要，就是一直地哭，一直地說，俺不逮，俺不逮。」

我：「蛤？什麼是俺不逮？」

爸爸：「老家的話就是我不吃、我不吃。」

我：「俺不逮呀……」

爸爸：「後來，嗳，還是他媽媽聰明。走到水缸前面舀了一大瓢的水，讓他喝，喝完他就高興了。原來是口渴，小孩子又不懂得表達。」

我：「高興了然後呢？」

「然後他就什麼都逮了。」爸爸呵呵地笑起來。

「然後他就什麼都逮了。」

酸餃子

今天我過生日，過生日就是要吃餃子。

現在大家都說水餃，但真正懂得吃餃子的北方人就是叫餃子餃子。不然怎麼有句話說「好吃不過餃子，好玩不過嫂子」（喂）呢？

以前我們家包餃子，回想起來像永恆的總是在陽光燦爛的日子，全家聚在明亮的廚房裡。我爸揉麵，搓成條狀，再切成小塊，每一小塊用手掌壓扁，再拿擀麵棍順時鐘靈巧擀出中心厚邊緣薄的餃子皮。擀好輕輕拋在旁邊預先撒好的麵粉堆裡，揚起小小一陣白色粉塵，我爸對自己的生產品老是得意，說：「看看我擀的，又快又好。」

等餃子皮堆出高度，我們便去拿來餐桌上。那裡有一大盆媽媽剛剛用刀反覆剁到成泥的豬絞肉、切碎的高麗菜或韭菜或胡瓜、薑末、碎蔥、麻油、醬油、鹽和一點水調出來的餡。

包餃子講究手勢，得兩手虎口同時一捏，一個半月形肚子飽滿的餃子瞬間成形，既有漂亮的荷葉邊還能嚴絲合縫不露餡。我爸我媽跟我妹都有這工夫，就我怎麼練都不成，老是得多捏個五六七八下。我餃子包得不好，但眼睛很尖，一大盤熱呼呼的餃子上桌，馬上能認得出哪些是我包的，千萬別去夾。

下餃子也有學問，我爸站在鍋邊教：「剛下時要拿漏勺這樣划，餃子才不會沉到底下去黏鍋，黏鍋就破了。然後得滾三次，每次滾了就得加涼水，一點一點加，有時得蓋鍋蓋，有時得把鍋蓋揭開。」

餃子當然要趁熱吃，熱呼呼地夾起來直接塞嘴裡，或是蘸點醬油加醋，再來顆現剝大蒜，那美味直接升級到頭等艙啊。

如果沒有馬上吃，我爸都會從位子上站起來，伸手提起那些盤子，輕輕晃一晃，讓餃子不黏在盤子上，非常堅持，簡直像個儀式似的，搆不著的他喊我們：「動一動，把盤子動一動。欸對，動一動就好。」

到現在我煮好餃子放進盤裡端上桌，也會提起盤子的一邊，輕輕來回滑動餃子，老爸像是在白色熱騰水氣的那一頭笑著：「欸對，就是這樣。」

老家都是這樣子

然後吃餃子配什麼呢？

酸辣湯？

喔喔，答錯出局。

吃餃子當然是配餃子湯。我爸樂呵呵地吸啜著燙得要命，從鍋裡舀出來白白的煮餃子水：「欸，這個好，這叫原湯化原食。」

舅舅當年第一次從台北到我們高雄家玩，回去後氣呼呼地說：「王老師太不夠意思了，我大老遠去，他只請我吃水餃配水餃湯。」

每年除夕夜，吃過晚餐爸媽便開始包餃子，包好滿滿擺一整個餐桌，就那麼到隔天，一早放完鞭炮後再煮來吃。因此每個大年初一，我們都吃酸掉的餃子。

我們抱怨，餃子放過夜都壞了。老爸這時會繃緊臉，現在想起來，他不是生氣，可能只是想掩蓋住快哭的表情。「你們懂什麼，老家都是這樣子的。」

等我們大一點，會反抗了，頂嘴說：「你們老家過年會下雪，包了丟哪裡都馬上結凍，這裡是台灣耶，而且高雄熱得要命，放一晚就壞了，我才不想吃了肚子痛。」摔筷子離席。爸爸就自己一個人坐在桌邊，默默地把所有酸餃子吃掉。

第二年除夕，爸爸包好餃子，一盤盤放進冷凍庫裡。

妥協的還有，過年時要寫的紅紙。

爸爸會把我們平常用來寫功課的書桌收乾淨，靠在陽光照得到的牆邊。然後裁出一張紅紙，要我們幫忙磨墨，恭恭敬敬用毛筆在紅紙上寫出「王氏歷代祖先牌位」，端端正正貼在牆上。桌子則擺出四樣水果或點心，拿個裝滿米的飯碗，插上三枝點燃的香。

一開始要三個小孩早晚點，後來只要求我弟做這件事，再後來連我弟也不聽話，就只有老爸自己慢慢爬到三樓，慢慢點香，慢慢插在碗裡。我們嫌這樣沒書桌寫功課，點燃的香老是害我們咳嗽。爸爸先是取消了點香，等我們都離家去念書，爸爸漸漸地也不寫紅紙不擺香桌了。

今天我過生日，當然要吃餃子，餃子好吃，一點也不酸。

但今天的生日就像老爸的酸餃子，充滿了對過去的懷念，對現今的無奈承受，和對未來悲觀的想像呢。

原來我爸那時包的不是餃子，而是一封封他走後才會寄到我手中的家書。

爸爸向爺爺奶奶報告的話

今年過年時，我爸爸還能自己爬上崎嶇不平野草叢生的山坡，去到爺爺奶奶的墓地祭拜。

然而前陣子開始，他的身體出現驚人的退化情況，醫生初步懷疑是帕金森氏症。一向最害怕麻煩別人的爸爸，對於自己的部分失能感到迷惑又恐懼，有時會驚慌失措到短暫神志混亂。

這次清明節要掃墓時，在弟弟攙扶下爬到一半還是放棄了。爸爸非常孝順，如果身體還有一點點力氣，是不可能不去到墓前的。

或許上次的掃墓，是爸爸最後一次能好好站著跟他自己的爸爸媽媽講講話了。那時我錄了短短的影片，山東腔濃厚的他說的是：

「爸爸媽媽，你們的孫子……現在已經在國立……大學教書，你們在天之靈知道了一定會得到很大的安慰……好好好。」說完疲憊地把香交給媽媽。

站在後方錄影的我，一面拍著影片一面拚命想牢牢記住這個片刻，隱約感覺到爸爸或許能這樣跟我們在一起的時間不多了，然而卻因為流太多眼淚而什麼都看不清楚。

職業病

帶爸媽去中正藝廊看何創時基金會主辦的「大器磅礡——于右任碑派書風與民國風華」書法展。

雖然因為多年糖尿病造成黃斑部水腫僅剩〇・二的視力（原本只有〇・〇八，幸好得到仁心仁術的張延瑞醫師高明診治才能來看展覽），又雖然因為類帕金森氏症削弱了行走的能力出門得坐輪椅，但今天老爸興奮得不得了，努力站立、靠近觀賞、連連讚嘆「你們看看這些字的氣勢」「每個人的字展現了屬於自己的性格」……那樣花好幾個小時看完全部展出作品。

從康有為、梁啟超、胡適、魯迅看到于右任、蔡元培、沈尹默，只要能看得清的，他都認真一一小聲（充滿傾慕）地念：「不養生而壽，處塵世亦仙。（于右任）」「聽琴知道性，避酒怕狂名。（胡適）」「園中草木春無數，湖上山林畫不如。（蔡元培）」……

最後看到臺靜農寫的「道力戰萬籟，明哲保孤身。」爸爸突然笑出來：「作為一個國中的國文教師，這個『明哲』的『明』如果是學生寫的作文我會直接打叉，但現在是臺靜農寫的，只能給他一百分。」

老爸上次改作文都是二十年前的事了，已經老到腳走不動、眼看不清、耳聽不見，還想著改錯字；全家人聚在一起閒聊，講到各種職場上的憤憤不平，老爸端坐語重心長：「曾國藩說過，人生有可為之事，也有不可為之事。可為之事，當盡力為之，此謂盡性；不可為之事，當盡心從之，此謂知命。」

我爸真是做一件事就要踏踏實實扎進心底記在靈魂裡的古代人一名啊。

不可思議的緣分

六十七年前山東省章丘市，十多歲少年小胡從了軍。

當時小胡與小焦、小倪都是從山東來的衛生兵，相約結為義兄弟，小胡年紀稍長算是大哥，溫暖樂觀，照顧著三個小老弟。他們越過大半個中國，一路走到南方海邊，那裡有許多巨大的船，聽說是要去個叫做台灣的地方。

「如果上不了船，全部都會被共產黨打死。」

耳語在這些衣衫襤褸又飢又寒的男孩之間快速散布。路邊許多美麗得遠遠超乎他們想像的女人展示一箱箱金銀財寶，大聲呼喚每個經過身邊穿著軍服的男性，「給我一張船票，人跟珠寶都是你的！」

港口地上堆積如山有錢人帶不走的洋元，從沒見過這麼多銅板的軍人們發瘋似的用雙手盡可能撈進破爛大衣裡。

船一艘艘鳴著汽笛開動，擠不上木板連接走道的就鼓起勇氣緊抓船邊繩索往上爬，海風強勁冷冽，船側掛滿了奮力求生互相踩踏的人蟻，那些背太多洋元的人身體過重，常常最先墜落，被前一刻才興高采烈不勞而獲的笨重銅錢拖著沉入深深的海底。

小胡見了，提醒弟兄們挖出身上的財富棄之，一個個總算都上了船。

然而才到金門，小胡就因被人密報誣告匪諜，某天早晨大家醒來怎麼也找不到他。小焦與小倪驚駭莫名，連問都不敢問小胡怎麼就這樣不見。

到了台灣本島，小焦與小倪考上國防醫學院的前身衛勤學校，畢業後來左營的軍醫院工作。在這裡小焦與美麗的台灣女孩結婚，焦太太又將自己的妹妹介紹給同樣擔任軍醫的小倪。

小焦成為老焦，有了兩男一女。老倪則生了兩個兒子。

無巧不巧，老焦的女兒跟老倪的大兒子都考上左營高中。

老倪的兒子小倪高中畢業那年暑假在補習班打工，照著畢業紀念冊上的通訊錄一一打電話問有沒有人想到某某補習班重考。

他打給一個女生，名字很熟悉，他高三班上有個同學天天跟他說這個人。他表妹小焦也認識這個女生，說她是她高一時的班長。

小倪在電話裡跟班長聊得開心，建議如果暑假沒其他安排，要不要也來補習班打工。班長想一想居然答應了，第二天出現在補習班裡。

很快變成一群人打工兼吃喝玩樂，小倪的同學也都來補習班玩，其中一個特別安靜特別悶不吭聲的男生很有趣，出現時總是帶著橫笛、桌球拍或是隨身象棋盤，進門不是吹笛子就是找桌子鋪棋下棋。

有一天他問，要不要打桌球，他約了國中同學一起。於是大家下了班蜂擁至補習班樓下騎樓集合，嘻嘻哈哈，棋王的國中同學最後才到，很瘦的男生，眼神有點憂鬱、話不多，但他會看著愛說愛玩的班長微笑，沒多久他們就戀愛了。

很瘦的男生考上台大，班長就找了離台大很近的教會宿舍住進去。四年後他們分手。班長畢業與在教會宿舍認識的帥氣大頭男孩結婚，生了一男一女雙胞胎。

龍鳳胎六年級時，班長每天早上在中正紀念堂散步，見個老先生唱戲。老先生笑咪咪的，講話口音好熟悉，跟她山東來的老爸一個腔調。

於是每每經過遇見便坐下來聽老先生唱京劇《四郎探母》或是老歌〈不了情〉，聽他說長長的人生故事，他如何被冤枉關進綠島，如何被放出來後繼續傳奇的人生。

有一天心血來潮，她把老先生的影片貼在臉書上。

逛臉書一滑就過的小焦，半夜兩點醒來，因為有個聲音在悄悄對她說，班長臉書上的老先生影片好熟悉。

她爬起來開電腦，找到班長臉書，那個影片中打著拍子唱歌的不正是爸爸結拜大哥胡伯伯嗎？

多年前胡伯伯被從火燒島放出來，又當了幾年兵才退伍。他打聽到幾位義弟都在高雄，在那個還是戒嚴的時代，三個人趁著半夜偷偷摸摸拉下家裡的鐵門抱頭痛哭，沒想到兄弟還有見面的一天。

再之後小倪小焦漸漸長大，也都熟悉了胡伯伯，去台北一定會到他在杭州南路開的鑫鑫小館吃飯。

看到班長臉書，第二天一早小焦打電話給爸爸，轉貼給爸爸看，八十多歲的老焦很高興，趕緊打給快九十歲的老胡，跟他說：「你上網路了啊！」

老爸常說：「我年輕時不覺得，但到這年紀才發現，可能真的有一個上帝，人的命運很難掌控在自己手裡，很多說不定真是上天的安排。人能做的，只有好好盡自己的本分而已啊。」

是的，班長就是我喔。

胡伯伯照顧了倪伯伯，倪伯伯生了小倪，小倪帶我認識了前男友，又因為前男友才有機會遇到我老公。

那個鳥語花香的清晨，我本來猶豫該不該坐下來跟一個陌生老先生攀談，是不是很久很久以前開始的緣分的線拉住我，讓我原本走遠又回頭的呢？

會不會真的是這樣？

天地間果然存在著比我們大腦所能理解或想像的更不可思議的巨大美好？

我妹妹

從小，跟我比起來，我妹妹就是比較沒有那麼聰明，沒有那麼會運動，沒有那麼會唱歌跳舞（五歲以前我可是很會），沒有那麼喜歡看書，沒有那麼會寫作，沒有那麼會畫畫，沒有那麼活潑開朗。（這是一篇拐著彎誇自己的文章）

但是我妹妹長得很漂亮（真不公平，只要這一點就勝過我十點），比我用功努力一百倍，而且她應該是我這輩子所認識的人裡面最溫柔最善良心最軟的。

我們是那種不會誇獎小孩外表的家庭，加上我妹頭腦不是那麼靈敏（噗嗤），所以她一直沒有察覺到自己的美貌。

高中時她每天都要坐公車穿越整個高雄市到離我們家很遠的前鎮高中念書，只要有位子坐，幾乎就都在睡覺。有天像平常那樣瞌睡得半夢半醒，突然一個紙卷被放在她懷裡，有個很輕的男聲對她說：「這個送妳。」

等她驚醒張大眼，只來得及看到那個已經下車、穿著雄中制服的男生的背影。男生害羞到完全沒有轉身，一逕直直往前走。我妹打開紙卷，發現那是張很美的鉛筆畫。到現在我妹也不知道那個人是誰，更別說他長什麼樣子。

大學她念淡江，那時淡江規定家不在台北的大一女生全部要住宿舍。開學後，那棟古老宿舍樓下，天天都有不同男生來到，對著我妹那間寢室窗口喊：「2～0～7～王～淑～儀！」煩到她室友啪一聲推開窗往下喊：「她～不～在！」

有時別的寢室也啪一聲打開窗對著樓下搞不清楚狀況的男生喊：「不～是～3～0～7～是～2～0～7～叫～錯～啦！」

夢中情人

參加舞會，旋轉的霓虹彩球燈光下，Shakin' Stevens 的〈Because I love you〉前奏一

響起，男生一個個像七〇年代美國青春電影裡演的那樣，推擠著衝到她面前邀請跳舞。

班上幾個台北女生不爽我妹，背後說她壞話，高雄來的那麼土又不會打扮，竟敢招蜂引蝶那麼囂張，聯合起來不理她。但這是在畢業多年後，我妹才從大學同學處聽到。她非常驚訝，因為從來也沒感覺到被排擠，這也算是頭腦不太靈敏的好處。

去年大學班上第一次開同學會，好多男生跑過來跟她握手，樂呵呵地說：「啊，終於握到當年夢中情人的手了！」

雖然外表看不太出來，但其實我妹是感情最豐富的。

國中時每天早自修時間，英文老師都進教室考五十個單字跟五十個音標，考完交換改，錯一題打一下。坐我妹旁邊那個男生不知道為什麼，永遠只考三、四十分。我妹看他每天被叫上去，老師拿棍子一直打一直打，右手打瘦了換左手，左手打瘦了換右手，那個男生被打得身體一直歪一直矮下去。

於是之後我妹拿到他的考卷，乾脆眼睛閉起來全都打勾，想讓他少受點苦。可是沒多久就被發現了，英文老師把她叫到台前，痛罵她作弊，然後在全班面前狠狠甩她巴掌。

班上沒有人知道她為什麼要這樣做，內向的我妹沒解釋，那個男生也莫名其妙，於是大家開始傳我妹喜歡那個男生。

我妹現在講起來覺得很冤（真的她以前只迷李福恩、洪濬正那種運動帥哥）：「我哪有喜歡他，連他長什麼樣子都不太記得。就只是覺得他太慘了，每天過得像在地獄一樣，又沒有人可以救他。」

黑暗，陽光

但長得可愛又溫柔的女生也是會有陷入地獄的時候，而且一樣沒有人可以救她。

國二分到好班後，導師是一個很胖的單身男性，非常喜歡我妹妹，每天都叫她收大家的作業到辦公室，然後坐在他旁邊幫他改作業。

我妹個性雖然軟弱，但當時的她一定是感覺到什麼，於是開始拒絕收作業跟改作業。胖老師整個大抓狂，無時無刻不找機會修理我妹，加諸各種莫須有罪名，例如中午午休沒睡著或看到老師沒敬禮等。

上課時間把她叫起來在全班面前公審，破口大罵後把她趕出教室。之後更是不准她下課，要她跟在他身邊，他走到哪我妹就必須跟到哪。看還是完全不肯屈服，居然拿起藤條狠抽自己，或用菸蒂燙自己給我妹妹看。

曾經有個功課很好家教很好的女生看不過去，在那老師挑釁地問大家：「我這樣處罰王淑儀，你們有意見嗎？有意見的可以滾出去不要上課」時，二話不說站起來走出教室。

她是我妹在那段黑暗至極的歲月中，罕見的一道陽光。

「我那時候每天騎腳踏車回家的路上，都哭到看不清楚路。」我後來才知道，原來那時候她常常蹺課，而且是我那向來對我們極度嚴格的爸爸准許的。

我妹拿請假單去找爸爸，告訴他老師怎麼對待她。我爸聽了一定心裡都在滴血，從小他就最疼我妹，覺得她乖，被我欺負總逆來順受。到底什麼樣的老師才能讓連這麼乖的小孩都不想去上學了？同樣是國中老師的他跟我妹說：「我無法想像為人師表會做出這種事來。」然後默默簽了假單。

最好的朋友

那是個大部分人都老實忍耐的年代，老師沒有打青你的腿或揍斷你的手，只是給你極度恐怖的感覺、踐踏你的人格（而已），這麼抽象，能拿什麼去跟學校反映？

在我妹妹身上，我一次又一次見識到溫柔善良在價值觀變遷得如此快速的社會中，是多麼像絆腳石般的特質。

我妹從大一開始就在學校圖書館打工賺自己的生活費，畢業後獲留任正職，一面還考上研究所，之後再轉到公立圖書館工作。

她常常跟我講在圖書館發生的各種好笑的、有趣的、浪漫的、惡質的、可怕的事情。

她非常喜歡圖書館這個專業，也投注了許多精神跟力氣，但往往在工作中反而沒有人重視這樣的專長，尤有甚者，她其實絕大部分時間都花在與瘋狂的讀者周旋上。

「你們門口不是有刷卡嗎？我要你們幫我監控我的小孩在圖書館坐多久還有他出去多久！」

「我的小孩要考高普考，我天不亮就來幫他排位子，居然還排不到，一定是黑箱作業，我要投訴你們！」

「有誰規定樂齡區只有老人可以坐？」

「你們明明公告這份報紙四點半會上架，為什麼四點十五分就上架？故意讓我不能第一個拿到嗎？」

「你們不是新來一個館長嗎？快叫他來見我，我是美國籍讀者你們要搞清楚！」

「有哪一條規定寫我不能來飲水機裝十瓶水？我是納稅人耶！我愛怎麼裝就怎麼裝！」

我常覺得在這種荒謬的環境中上班的我妹妹，心太軟只是徒增麻煩與痛苦，只會讓她成為在叢林中獨自奮戰的小白兔（好吧，到現在不小了也還是得奮戰）。

幸好對於她這樣一個沒什麼力氣可以對抗巨大可怕世界的人，上天也同樣是溫柔善良的，祂讓我妹妹生到一個好棒的女兒鄧鄧。我記得鄧鄧會講話懂事了開始，他們兩個就每天花好多時間一直聊天一直聊天一直聊天，我妹有天跟我說：「我好像幫我自己生到一個最好的朋友。」

後來鄧鄧大一點，也會回家跟我妹說：「媽媽妳是我最好的朋友，很多不能跟別人講的事情，我都可以跟妳講。」

雖然小時候我拚命欺負我妹，但長大後她成為我最親的同伴，我們一起走過人生中不過雞毛蒜皮大小但曾經讓我們又哭又笑的那些點點滴滴。

卷二

奇幻老人

我真的很愛這個眼睛看不清楚、
耳朵聽不到、牙齒咬不動，
但仍心心念念他早已無能為力的世界的老頭子。

那年老王二十一

民國四十一年，我爸二十一歲，我姑奶奶二十二歲。

我爸他們山東流亡學生男的只要比槍高就全部被迫當兵，女生像我姑奶奶還有比槍矮的男生，則被送進員林實驗中學。

我三爺爺在煙台被抓，軍隊裡當伙房兵，到了台灣起初互相沒有消息，有一天他同袍的妹妹來軍營探視，他問人家：「不知道妳認不認識我妹妹，她叫王某某。」女孩驚呼：「認識啊，她是我同學！」

不得不誇獎一下，山東人長得真好看。還有當時照相館還會幫忙讓人寫字留念，也是揪甘心。

孤苦流亡生涯
姑姪相依為命
民四三、二、十四於澎

老爸的新鮮事

八十多歲的老爸從來沒看過正式演出。

當然以前一定有站在廟口觀望過歌仔戲，或是節慶時分學校裡也會有小小餘興節目。但如果說是拿著票進正式演藝廳看表演，這是生平第一次。

我女兒甜甜念了四年的舞蹈班，前天舉行畢業舞展。

場館唯一的輪椅被我們借來，進場之後爸爸舉頭用視力已很不好的眼睛努力四望，然後高興地說：「我的媽呀，真沒想到，這裡這麼大呀！」

看完表演我大聲問：

「爸，好不好看？」

爸爸樂呵呵回我：「好看，越看越精彩！我看有小女孩，可以在空中翻跟斗喔！

就這麼一下（比手勢），就翻過去，太了不起了！」

其實耳朵眼睛都不好的老爸，這一百五十分鐘裡大部分時間應該都是霧裡看花鴨子聽雷，但他超級認真辨識所處環境發生的所有新鮮事。

直到最後一支舞，有幾位小朋友跑到台下跳，其中有一個就在老爸附近，他發現就在眼前可以看得清楚，驚喜地盯著，後來跟媽媽說：「這麼小的小孩到底是怎麼訓練的？實在不簡單！」

連半聾的爸爸都可以聽到觀眾席傳來好多好響的歡呼跟喊叫，他跟著開心地問：「弄出這麼大聲音的，都是你們這些家長吧？」

「還有那個謝幕，我看每一個都滿好的滿有自信的，我最喜歡看那個謝幕。」

演出結束後甜甜衝下來找我們，還穿著舞衣並頂著大濃妝。我們說：「爸，甜甜來了！」

爸爸聽到，很用力睜大眼睛（就算這樣視力應該也不會變好吧）抬頭看，「這就是甜甜啊？認不出來了！長大了，真的長大了！」

我們喊他，說：「爸爸看這裡，要照相！」

爸爸聞聲轉過來，不太確定眼睛要看哪裡，但笑咪咪地望向前方，還記得慢慢努力把右手抬高，比出了個V字手勢。（誰教你的啊？爸～）

隔了幾天，老爸一想到那天的演出還是會露出滿足的笑容。

「天舔（山東腔的甜甜）那個畢展，我應該是全場最老的吧，呵呵呵呵呵！」（這有什麼值得高興的啊？把拔～）

這是老爸充滿新鮮事、心滿意足的一天（笑）。

很久很久以前的愛情故事

我：「爸，媽媽是不是你的初戀情人啊？」

爸（停頓很久）：「不是……」

我：「哇！爸你另外有初戀情人喔？是誰呀？」

爸（又想很久）：「我不能說。」

我：「為什麼？」

爸：「講了妳媽媽會不樂意。」

我（小聲）：「反正媽媽現在又不在這裡，爸爸你可以講啦！是誰啊？」

爸（害羞）：「……是我的表姐。」

我（驚）：「表兄弟姐妹不能結婚吧？」

爸：「那時候沒有關係的。」

我：「所以如果當年你沒有跑出來，就會跟你表姐結婚嗎？」

爸（堅決）：「對！」

我：「哇！爸，你們以前是怎麼談戀愛的啊？」

爸：「沒有談戀愛。」

我：「啊？你剛不是說你表姐是你的初戀情人嗎？」

爸：「是啊。」

我：「沒有談戀愛怎麼算是初戀啊？」

爸：「怎麼不算呢？我喜歡她，她也喜歡我！」

我：「爸爸，你怎麼知道她喜歡你呀？她跟你說的喔？」

爸（笑）：「她沒有跟我說，我也沒有跟她說，我們就是知道。」

我：「因為常常相處有默契嗎？」

爸：「也不是。我大姨跟我們不住一個村子，他們離我們還有十幾里路遠，走路的話，得走個大半天。」

我：「所以爸你根本沒有跟你表姐相處過嘛！」

爸：「有！十七歲那年，我大姨跟我表姐來我們家住了一個多月。」

我：「啊，原來是這樣，那你們都聊些什麼啊？」

爸：「我們沒說過話。」

我：「蛤?!沒說過話?!真的假的？一句話都沒說過嗎？」

爸：「嗯。」

我：「這樣怎麼知道你喜歡她、她喜歡你？」

爸：「就是知道！」

我：「那爸爸，你表姐長什麼樣子啊？」

爸：「高高的，細細的，像柳枝兒。」

我：「臉呢？臉長怎樣？」

爸（笑）：「長相想不起來了。」

我：「你喜歡你表姐什麼啊？」

爸：「我也不知道，就是喜歡。」

我：「後來呢？」

爸：「後來我就跑出來了。」

我：「她現在變成怎樣了啊？」

爸：「我也不知道。」

我：「你後來回去也沒見到她嗎？」

爸：「沒有……再也沒看見過。」

大家辛苦了

八十多歲的爸爸向來身體健康，卻在因上消化道出血緊急送醫，人生不得不第一次被迫留住醫院急診室兩個晚上。

爸爸媽媽在高雄一直過著安靜平淡甚至可以說相當孤僻的生活，突然間必須在嘈雜混亂的急診室過夜，而且不管怎麼抗議都不能回家。

身心經歷簡直算是重大創傷的痛苦，因此過往一直溫和有禮的老爸像變了個人似的，脾氣極度暴躁不安。

一聽到不能回家，他扯掉點滴，大罵家人，護士與醫生來到床邊，他大聲宣告：「我是守法公民，沒有人可以剝奪我回家的權利。」

爸爸睡不著，也不願人照顧，身體虛弱到極點卻又堅持自己上廁所，頭暈走路不穩，把手背撞出一大片瘀青。

叨念著要我媽媽來接他回家，命令弟弟妹妹快點回台北上班陪伴家人。弟弟妹妹看著總是堅強、總是不願麻煩別人的爸爸一直眼角含著淚，都忍不住哭了。

終於做好所有檢查與緊急處置，確定生命跡象穩定。我妹俯身說：「爸，醫生說可以回家了。」

我那老爸爸一聽，不知哪來的力氣趕快從床上爬下來。邁著虛弱的腳步到處去跟每個急診的醫生跟護士舉手致意：

「醫生，謝謝你啊！」

「護士小姐，謝謝妳們！」

「大家辛苦了！謝謝！謝謝！」

急診室仍十分忙碌混亂，醫護人員都在工作，沒人有時間搭理爸爸，但爸爸仍笑咪咪地舉著手站在那裡，向四周說：

「謝謝！謝謝！我要回家了！大家辛苦了，大家辛苦了！」

「醫生，謝謝你啊！」
「護士小姐，謝謝妳們！」
「大家辛苦了！謝謝！謝謝！」

起點

爸爸現在行動稍微不便，我們一回高雄家立刻進行了「無障礙空間大改造」，首要任務是從各個角落清出那些彷彿沉默家人般的歷史陳列物。

在一個相當有年分（從小看我長大）的舊鞋櫃最底層翻出模樣時尚但蒙上灰塵的一雙男鞋和一雙女鞋。

媽媽見狀衝過來驚喜地說：「這是民國五十六年我跟妳爸爸訂婚的時候穿的鞋耶！」

以現今的審美觀來看都還是挺潮挺美的鞋居然已經五十歲了。

它們被製作出來的那個年代剛剛完成「耕者有其田」，十大建設正籌備中，政府宣布延長六年國教為九年義務教育。那時中華商場興盛鼎沸，即將訂婚的媽媽從山佳坐火車來到此處，懷抱著「我終於可以嫁出去」（誤）含羞帶怯的心情，精挑細選了這雙手工相當細緻的皮鞋。

訂婚、結婚之後一直捨不得穿，總想留到更重要場合的兩雙鞋，終於還是被遺忘在時光深處，安靜地度過外面或者風生水起或者風風雨雨的五十年。

如今分別已七老八十的爸媽，歷經滄桑的老腳早已套不進當年的鞋裡。

然而注視著重見天日的它們被拿到高雄的大太陽下的模樣時，我好像可以聽見即將邁入人生全新階段的青年男女，在那仍樸素清爽的台北街道，神采飛揚朝著不可知的未來，匆匆奔去的輕快腳步聲。

訂婚、結婚之後一直捨不得穿，
總想留到更重要場合的兩雙鞋，
終於還是被遺忘在時光深處，安
靜地度過外面或者風生水起或者
風風雨雨的五十年。

奇幻老人

一直到爸爸的肚子鼓起來，我們才發現他竟然已經嚴重肝硬化。不只我們無法接受，連平常幫他看病的診所醫生也覺得不可思議。

爸爸肚子鼓得硬硬的，他卻說他沒什麼不舒服。言行舉止就跟他過去八十幾年來一樣，溫文儒雅，彬彬有禮。

心疼節儉的爸爸一生幾乎沒吃過什麼好的，發現他身體確實出現不可逆的問題後，我儘量帶美味的食物給他。昨天中午送好雙胞胎甜甜堂堂的便當，趕去「銀翼」外帶乾燒明蝦跟蔥燒烏參，還有我們家最喜歡的鱔魚炒麵。

正等著要吃午飯的老爸見我匆匆忙忙進來，手忙腳亂風風火火地擺了一桌子大菜，聞起來像是喜宴又像是過年，氣味似乎啟動了他被腹水影響而渺渺茫茫的大腦中的某個開關，於是挺坐肅然問我：

「雙方客人什麼時候會到？」

「啊？」哪來的什麼客人，還雙方？

「六十年沒坐下來談，起頭難啊，萬事起頭難，但只要願意開始，後面就簡單了。今天我們也是榮幸，可以請到兩邊的客人，我就權充調人，讓兩岸的客人可以在我們家好好溝通，只要願意溝通，對大家都好妳說是不是？」

啊！難道爸爸以為自己是海基會還是什麼會的人嗎？雖然大腦已然混亂不堪，他心心念念的還是這等國家大事？不管自己多老多虛弱而且從來沒被人看重過，還是萬分祈求著兩岸的和平嗎？

而且爸爸講其他事，都真真的沒有弄錯沒有搞混，這樣虛實交融地聊著，自己完全沒有感覺到異樣。我笑著回他：「爸！沒有其他客人，今天只有我，你快吃吧！」說到後來卻哽咽得聲音分岔，好想抱著爸爸大哭說：「爸！你怎麼變成這樣了？」

等了好久，兩岸的客人都沒到，爸爸叨念：「真該事先聯絡好的！」被我們催促快點吃飯，他不無遺憾地拿起碗筷來，「菜這麼好，他們不來，我們就獨享吧！」

等到我要回去，爸爸被外勞勸說攙扶起身準備休息，他嘆口氣朗聲說道：「酒菜兼備，客人空空啊！」

我覺得老爸已進入一個奇幻世界，他可以更多地參與甚至掌控過去他根本無能為力的那些心目中重大的事件。不再是那個因早年戰亂流亡，後又因生活在各種政治變化的環境下，選擇三緘其口、深居簡出的小人物。處於那個國度，他可以羽扇綸巾，談笑用兵，日日好宴，調停各種國際紛爭，促進世界和平。

在那個他腦中構築出來巍峨大器、是非分明的世界裡，屈就一生的我爸終於能抬頭挺胸，變成自己一輩子都想當的那個人。

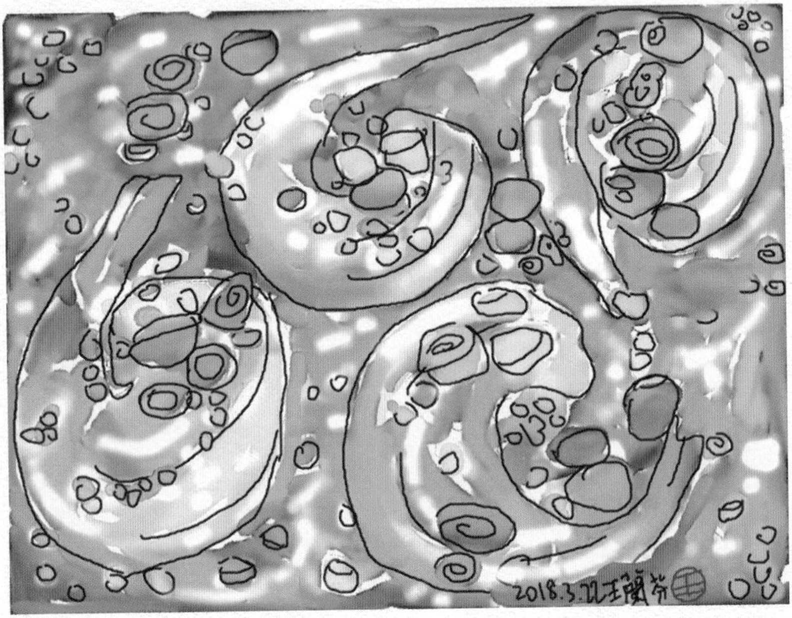

我覺得老爸已進入一個奇幻世界，他可以更多地參與甚至掌控過去他根本無能為力的那些心目中重大的事件。

老實人

我：「爸，你跟媽媽現在都行動不便，我們給你請一個外勞喔！」

爸爸：「我不要，請個外勞一個月得花多少錢啊，萬一我還沒死錢就花光了怎麼辦？」

我：「不會啦！還有我們啊！不請外勞你們沒辦法正常生活啦！」

爸爸：「不要不要，就是不要！要花那個錢，我乾脆先死了算了！」

我：「爸～你這樣王某某（我弟名字）會生氣喔。」

爸爸（立刻變乖）：「嗯……」

我：「外勞來了以後，就可以做很多事，你們如果有任何需要幫忙的，都可以請她做。」

爸爸：「她會願意做這麼多工作嗎？」

我：「怎麼會不願意？爸，她是來上班賺錢的，你就是她的老闆。」

爸爸（樂）：「我是老闆?!呵呵呵，我從來沒當過老闆。」

我：「對呀，到這個年紀終於可以當老闆啦！」

爸爸：「妳說她是哪一國人？」

我：「印尼的。」

爸爸：「我考考妳，印尼以前是哪個國家的殖民地？」

我：「不知道。」

爸爸：「不知道？妳這個歷史不及格。印尼以前就是荷蘭的殖民地啊！他們這個國家位在赤道上，氣候很炎熱。」

我：「爸，你好有學問喔！」

爸爸（笑）：「我就是比較喜歡地理跟歷史一些……還有妳知道他們大多是回教徒吧？」

我：「啊對，外勞就是，她不吃豬肉喔。」

爸爸（嚴肅）：「外勞是回教徒啊……那妳趕快去打掃一個房間出來。」

我：「我？為什麼？」

爸爸：「回教徒需要一個專門讓他們每天向阿拉祈禱的房間喔，我們要先幫她準備好。」

我：「爸，人家沒有要求，而且連住的地方都不夠了，哪還有人幫外勞準備祈禱室的啦！」

爸爸：「是妳說的啊，我是她的老闆，我們應該要對人家好的。」

我：「爸，這樣做的話，比較像她是你的老闆了！」

爸爸（期待）：「外勞什麼時候來啊？」

我：「爸，你剛才不是說你無論如何都不要請外勞嗎？」

爸爸：「請就請吧，人家跑這麼遠來賺一點錢，實在是不容易啊！」

這實在太好吃了。

但這個蛋糕裡面有豬肉喔！

就算失智也不忘奸詐

雖然沒有正式評估爸爸是否失智，但我們都感覺到他的大腦的確慢慢有了變化，言行舉止有越來越多的時候像個小孩。

像是喜歡吃的東西，會吃個不停，我們跟他說：「這個吃多了不好，別吃啦。」伸手去跟他要，爸爸總不肯放，常看到他緊緊抓著一個碗，跟我媽在那邊拉過來拉過去。

但如果外勞麗莎說：「阿公，這個我也喜歡，你留一半給我吃。」爸爸再愛吃的東西也會鬆手，乖乖點點頭說「好」，然後讓她拿走。

也因此，他有了個印象，覺得除了豬肉以外（麗莎是印尼回教徒），只要好吃的東西就得分一半給麗莎。

昨天我帶了費太太的草莓蛋糕去，等爸爸吃完飯，給他一小口。爸爸吃下去，突然「唔」了一大聲。我以為是咬到舌頭或是牙齒痛，趕忙問：「爸，怎麼了？」

老爸搖搖頭（不好意思說這實在太好吃），害羞地再跟我要了一小塊草莓蛋糕，極度美味那樣吃完後，小聲說：

「麗莎是信回教的，這個蛋糕裡面有豬肉喔，她不能吃。」

有點可愛

老爸住院，年輕的住院醫生（男性）進到病房，十分認真地幫他檢查。像是要爸爸跟他比腕力、抬腿、踢腳，或是問他老家在哪裡，旁邊站著的是他的誰，現在是早上還是晚上。然後拿一個小小的槌子找手腳的反射區塊，終於敲到時，爸爸像被踩到尾巴的小狗「唔」地驚彈起來。帥帥的年輕醫生忍不住笑了，「欸，我還沒遇過會嚇到的。」

接下來是數學題，他說：「北北，如果你拿一百塊去買七塊錢的東西，他會找幾塊給你？」

剛剛還有問必答的，這下遲疑了，生病後退化最多的就是算數能力，這題他一定答不出來。沉吟半天，爸爸終於開口：

「我認為錢呢，還是得省著點花，七塊太貴了，我想還是別買。」

住院醫師笑到頭都低下去，然後像自言自語那樣說著：

「欸，他有點可愛。」

老王穿新衣

降溫了，買 UNIQLO 的羽絨背心跟防風內刷毛褲子送去給剛搬來台北不久、一向很怕冷的老爸。

（極度）節省了一輩子從沒穿過東洋貨的爸爸套上，驚訝地說：「這衣服質料真好啊，顏色這麼好看，又輕又薄的，穿起來卻很暖。」

他一遍又一遍仔細地又看又摸衣服，然後坐在床沿努力抬頭挺胸，呵呵笑起來：「要是我穿這身走在外面，大家一定會覺得，這個老頭真有辦法，還能穿得上這麼好的衣服啊！」

虧大了

昨天搭電梯時，正好隔壁汪先生跟汪太太也要出門，聊了一下我爸從來沒有得過肝炎卻肝硬化的事。

六十多歲的汪先生是資深銀行人，曾經在外商擔任顧問，退休後則十分專注且充滿樂趣地學習當蝴蝶生態的導覽志工，高高瘦瘦的他是位風度翩翩、斯文有禮的長者。

他聽著我跟汪太太的對話，關心地開口問我：「妳父親酒喝得多嗎？」

我回答：「沒有啊，只有請客或過年喝一點，平常都不喝的。」

汪先生聞言突然哈哈大笑起來：

「那真是虧大了！」

說句不中聽的話

老爸這幾天病得嚴重，在急診室躺了一天，做了各種檢查和緊急處理，回到家突然全身劇烈顫抖意識混亂，媽媽和外勞整晚沒睡地照顧不斷躁動的他。我們姐弟三個看到爸爸完全變了個人，都忍不住偷哭。

今天去到爸媽住處時，一顆心還高高懸著，看到爸爸居然可以從床上起來，在外勞的攙扶下走到浴室洗手準備吃飯，鬆了一口氣提高聲量問：「爸！今天感覺怎麼樣？」

爸爸一面小碎步艱難走著，一面笑著努力出聲回我：

「放心吧，我如果還沒死的話，一定就是還活著。」

帶了很多吃的過去，看爸爸胃口大開真高興，他吃著吃著突然說：

「你們都猜猜，我最喜歡吃什麼？」

我猜了半天，都沒猜對，爸爸就要外勞猜，外勞想一下答：「阿公最喜歡吃飯糰！」

爸爸喜上眉梢拍拍手：「答對了！我就是喜歡吃飯糰！」

向來極度節儉從不外食的爸爸，兩年前生病後，不知為何迷上便利商店賣的三角飯糰，每天早上一定要媽媽買一個給他當早餐，而且遍嘗各種口味，認定最棒的就是鮪魚的。

媽媽在旁邊碎念：「妳爸很古怪，什麼都比不上飯糰，每天一定要吃一個，有時候一天還要吃兩個。」

爸爸聽了放下筷子，轉頭對坐在旁邊的媽媽開口：「說句不中聽的話……」

深怕爸爸會像前一晚意識混亂那樣，要說什麼不好聽的給很辛苦照顧他的媽媽聽，正想轉移話題，爸爸已經接下去：

「說句不中聽的話，不光是一天要吃兩個，我一天三頓頓頓都要吃飯糰！這輩子我都是為了別人著想、為了別人而活，現在沒剩多少日子了，我想開始為自己活了。以前我是儘量省，現在我是儘量吃。」老爸眼睛發光：

「所以我頓頓都要吃飯糰！」

這輩子我都是為了別人著想、為了別人
而活，現在沒剩多少日子了，我想開始
為自己活了。

留不住的故事

回高雄最重要的事就是跟爸爸媽媽聊天，他們最近身體都不好，或坐或躺在床上，我拉把椅子靠著他們坐。隨便說著什麼之間，突然提到我重考那年的事。

爸爸躺在床上，閉著眼睛想著好久以前的事說：「小芬啊，妳就一樣不好。」

我不服，「哪樣不好？」

「太任性了，想做的事就去做。像妳跟那個某某某交往，我就覺得太任性，把妳媽媽擔心的。」

「某某某又不是壞人，有什麼好擔心的……」

「當父母的怎麼能不擔心？妳媽媽每天晚上都等在前面陽台，偷偷觀察你們啊！」

「蛤?!」我看向媽媽，「媽～妳偷看什麼啊?!」

媽媽（尷尬地）趕忙解釋：「沒有啦！那時候有人跑來跟我說，在補習班看到妳跟很像不良少年的男生在一起，叫我要注意一下。我好緊張，每天晚上都在陽台那邊等妳什麼時候回來。」

「我們又沒怎樣，是會看到什麼啦！厚～」

「就看到每天晚上他都騎機車把妳送到我們家對面的紅綠燈那邊啊，妳一下車，他把機車的近光燈調成遠光燈，照往我們家這個方向，然後揮手叫妳趕快回家。妳一面走還一面轉過頭好幾次跟他說掰掰，他看妳進家門才騎走。」

那時十八歲的我整個心思都撲在戀愛上，完全不想念書，媽媽看在眼裡，一定是知道說什麼都沒用。後來考完我火速離家，自此長居台北，回高雄都只是蜻蜓點水作客狀態。

所以今天聽到媽媽說這件事真是有嚇醒的感覺。

「妳怎麼都沒跟我講啊！」

「讓妳知道會被妳罵死！」

真要命，已經這麼多年過去了啊！我一面這樣想，一面瞬間感覺到心底被深深震動了一下。

原來我也曾經是非常可愛的少女，還跟一個非常可愛的少年（雖然被認為是不良少年）談過一場非常可愛的戀愛。

真的好可愛，這樣哪算任性呀！

好想伸手摸摸當年那兩個人的頭，然後這樣誇獎他們啊。

九句老人的生日願望

今天幫老爸過生日，他戴上假牙跟助聽器，很開心地拍手聽我們唱生日快樂歌。

我在他耳邊喊著，爸！要許三個願望！

爸爸驚訝回答：「許三是誰？」

「生日要許願啦！三個！要許三個願望！」（比出三根手指大喊）

喔喔，爸爸點點頭：「聽懂了。」

「那來許願吧！第一個是什麼？」

老爸認真地說：「第一個，希望全世界領導人統統死光光！」

「噗！為什麼呀？」

「這樣的話，天下不就太平了嗎？」

「好吧，那第二個呢？」

「第二呀，希望小孩子們都用功念書。」

「第三呢？」

「第三，就是我一直告訴你們的，記得只要自己肯努力，不管什麼事，只要自己肯努力，就好了！」

說完，老爸很滿意地給自己拍拍手。

我真的很愛這個眼睛看不清楚、耳朵聽不到、牙齒咬不動，但仍心心念念他早已無能為力的世界的老頭子。

從現在起，好好規劃我的犯罪之路

快成為九旬老翁的我爸，去年因胃潰瘍造成的嚴重貧血虛弱暈眩，緊急送醫院急診室輸血。

在兵荒馬亂如戰地救護站似的急診室躺了兩天，等不到病房，照顧的家人連一張椅子都沒得坐，爸爸不安到神志糊塗，醫護忙到無人能稍停一下腳步回答慌亂疲憊至極的我們的問題。

今年老爸又發生同樣狀況，病情更加令人擔心。三番兩次舟車勞頓人仰馬翻各科掛號，漫長地等待看診，排好多種又要等好久的檢查，再回診看報告，似乎不是這科問題，再重新掛別科……

好幾週後神經內科醫生還是只能猜測，或許是小中風引發類帕金森氏症。開始用藥後沒幾天半夜起來上廁所突然摔倒，媽媽急著去抱爸爸起來，一下子用力過度，腰椎一節滑脫一節壓扁。

原本看來似乎還算勇健的兩個老人，在幾星期內相繼坐上輪椅。生活不再能如常，九成以上的枝枝節節需要人一一幫忙。

在南部教書的弟弟即使是就近，也來回各需要一個小時左右車程。到家還要載爸媽看醫生，做檢查，陪復健，備吃食，買日常用品，幫忙提水（是的，高雄人現在還在買水喝），又累又忙到沒時間回台北的家，弟弟的小孩小開心（她已經配合爸爸回高雄好多次了）常哭著說：「我想把拔。」

於是我週間或者當天來回，或者過一夜，甜甜堂堂讓老公接送照顧，高鐵往返不知多少次，處理看醫生、生活瑣事，重新組織出無障礙空間，購買安裝輔具，想辦法安撫身體痛苦、心理焦慮的爸媽。

妹妹則利用假日，有時也得向可怕的主管臨時請假，趕回高雄與我們輪班做那些無盡頭似的照護工作。

好朋友提醒我，不要放棄長照中心的資源喔。

上網填申請表，承辦人聯絡，承辦人到家評估，承辦人寫報告上呈，這過程算是快速得令人欣慰的。但最後核准下來的，是一週兩次每次一小時的用輪椅推老人出去散步，或是每週一次一小時的清潔居家服務。

內容是洗衣服或晾衣服，因為只有一小時，衣服放進去洗的話就沒辦法等它洗完晾。打掃的話也只限於我爸房間的範圍，不能要求打掃床底下，因為怕居服員腰會閃到。

一個星期有一百六十八個小時，扣掉居服員前來的一個小時，還剩下一百六十七個小時。在我弟要上課，我妹要上班，我要照顧小孩的那些秒針滴滴答答的小時裡，兩個老人要吃飯、要喝水、要洗衣晾衣、要復健……還有萬一身體突然不舒服的話，到底該怎麼辦呢？

如果這不是叫天天不應叫地地不靈，那叫什麼呢？

長照中心的人好心，說：「你們趕快申請外勞吧！」

申請外勞必須要由已跟衛福部登記有案的醫院，裡面的看診醫生評估（而且不能看第一次就拜託人家開，要看好幾次之後），確定有非請外籍看護不可的情況，才能拿表格回家填。

這期間，還要帶老人去拍照，自己找外勞仲介，填好一切資料，然後再推著輪椅回診請醫生蓋章，統一由醫院送出表格。

終於跑完流程鬆了一口氣。

仲介說，至少還要再等三個半月喔，三個半月已經是快的了。

眼前只能看到，分別從地下室及三樓搬到一樓起居的爸媽，在陰暗的空間中，一個躺在床上、一個坐在輪椅上安靜等待時光流逝的身影。

我無意討論政府的長照制度或健保，甚至公務人員退休金問題。

只是在經歷這些後，看到一篇關於日本監獄中老人受到良好照顧的報導，驀地滿心喜悅，彷彿黑暗中見到一絲光明。沒有工作，沒有退休金的我重新找到了全新的人生目標——

是否從現在開始好好規劃我的犯罪之路，以便將來能夠不拖累子女，放心在獄中安享晚年？

醫院電梯

台大醫院的電梯居然收得到手機訊號耶。一個拿著滿滿裝著雜物的臉盆的女性從進電梯開始，情緒激動地講個不停：

「我不想跟她交接，不想看到她的臉。」

2樓。

「可是我還是得跟她碰個面，還有好幾張單子在她那邊，對，她就只在乎保險！只有這種時候才積極。」

3樓。

「忙？大家都很忙，只有她忙嗎？我跟你不忙嗎？誰沒有家庭誰沒有工作？」

4樓。

「我從上個月開始就一直請假，被我們公司那個爛人酸個半死。你不是一樣？我小孩都顧不到了，她還可以每天去上班？」

5樓。

「爸爸根本不是我們的責任，是他的！結果嘞！一下說很忙，一下說生病了，叫她來，連電話都不接。」

6樓。

「都是我們兩個在輪流，她根本不見人影，現在好了，爸進加護病房了。」

7樓。

「沒辦法進去顧了，才說可以跟我們輪了。輪個屁！什麼都不用做啊，只要坐在那邊看電視！」

8樓。

「現在爸老了，生病了，沒利用價值是不是？什麼嘴臉都跑出來！」

9樓。

「那當初她為什麼要？不是很愛嗎？不是沒爸不行嗎？」

10樓。

「最可憐的是爸，什麼都不知道了！然後錢還要統統被她拿走。」（哽咽）

11樓。

「我跟你得到什麼？只是爸是我們親人，我們願意，可是我不甘願這個！」

12樓。

「那天她還跟我說她很累？好意思出這張嘴?!當初她搶爸爸怎麼不覺得累？」

13樓。

「媽，妳太傻了！我們全家被她耍著玩耶！小三就是小三，賤貨就是賤貨！我就是要這樣叫她！小三！賤貨！我不甘心！」（大哭走遠）

我的後頸

今天下樓時，看著四面都是鏡子的電梯裡自己的背影。

突然想到，我媽以前很愛說我全身上下沒有一處像我爸，只有後頸跟急起來走路的樣子「像到出奇！小孩真不能偷生啊！」

鏡子裡因為剪了很短的頭髮而露出的我的後頸，真的好像老爸的！以前他騎腳踏車載我，因為太拚命踩著踏板而弓起來的背似乎就在眼前。汗從他鴨舌帽下滲出，脖子後方反射太陽光亮晶晶的一片，那個跟現在鏡子裡的一模一樣啊。

我伸出手摸摸自己的脖子，健康緊實、底下流著溫暖血液的脖子，是我爸送給我的、他生命的一部分。

於是這幾天第一次，想到老爸時沒有痛哭失聲。

爸爸不再是皮膚鬆弛衰老敗壞的，也不是失去氣息冰冷僵硬的，他活生生的還在我的身上，輕快地繼續呼吸、繼續轉動、繼續流汗。

出了電梯，推開大門急匆匆邁步快走，看著路邊玻璃門映出的影子，真的真的我走路的樣子和我爸好像。老爸還在，不用坐輪椅，健步如飛，還跟著我一起在這混亂世界裡胡亂走著，糊塗又開心地活著。

這樣想時，我終於可以笑出來。

賣銀絲卷的女人

黃媽媽小時候住在苗栗，很年輕時家長作主，嫁給同村也是客家人的黃叔叔。

後來黃叔叔在高雄找到工作，夫妻倆便帶著三個幼子搬到高雄落戶，成為我們的鄰居。

每天黃叔叔上班去，黃媽媽除了帶小孩，還自己做銀絲卷做包子在一樓賣。常常我媽喊誰去買一下銀絲卷！我們就趿著拖鞋跑到他家門口：「給你們買十個銀絲卷。」拉開的鐵門前圍著一塊矮矮的木板，避免還在學走路的小孩跑出來。

黃媽媽皮膚白，講話聲音很輕，有個跟這邊人不太一樣的腔調，聽起來十分溫柔。她笑咪咪地裝銀絲卷給我們，問：「妳幾年級啦？這麼高啊！」然後多放一個兩個在袋子裡。

我爸常說，銀絲卷（那時大家都這麼叫他們家）是我們這一排最幸福的家庭，客家人勤儉謙遜真是代代相傳的美德。

可是不知道為什麼，老老實實的黃叔叔從某一天開始喝起酒來。起初只會看見他紅著臉不太好意思地匆匆經過我們門前。再往後，黃叔叔便已不在意別人的眼光，醉醺醺來來回回去市場提回一袋又一袋的酒。雖然我念高中待在家裡時間少了，也還是有幾次看見他打著赤腳、蓬頭垢面，提著酒瓶在路上蹣跚而行。

那時黃叔叔已經不去上班。黃媽媽依舊安靜害羞，默默打理三個小孩。只是他們家一樓賣的東西逐漸增加，除了銀絲卷跟包子，還賣饅頭跟水餃。而且拉下來的鐵門裡，有越來越頻繁摔東西跟大吼大叫讓鄰居豎起耳朵來的聲音。

青春期滿是好奇心的我有時候會忍不住觀察黃媽媽的面容。有幸福瞬間破碎的震驚嗎？還是領悟自己所嫁非人的痛心？她會不會怨恨黃叔叔呢？

奇妙的是，即使敏感如我，也從不曾在她臉上看出過蛛絲馬跡。

越來越嚴重的酒癮讓黃叔叔身體壞得很快，酒後受傷次數增加，甚至造成腦部跟體內器官的損傷。他們家開始常常叫救護車，半夜喔咿喔咿聲中驚醒，往外一看一定是停在黃家門前。

這樣過了幾年，有一次清晨救護車又來把黃叔叔載走。當天傍晚黃媽媽站在門口跟鄰居聊天，講一些天氣菜價的小事，我媽突然想起來問：「妳先生又去住院了嗎？怎麼不用去顧？」

黃媽媽安靜了一下，然後表情平和地回答：「已經走了。」

本來擔心黃媽媽會意志消沉，但這位血液裡流著客家硬頸氣魄（真真是見識了）的女性反而是更有精神地做小吃生意，還擺了電療椅在家裡讓人付零錢使用。鄰里間有獨居長者的，也受他們遠方子女之託，每天邀請去她家吃晚餐。

好，沒問題

老家後面有一大塊空地，數十年來地主捨不得賣給建商，卻也橫眉豎眼嚴禁鄰居在上面栽種東西。只任荒草蔓生，和不知何處被運來的垃圾堆積。

黃媽媽具有某種神奇力量似的，居然說服頑固的地主讓她清理荒地，種上了各種香花水果。每天都見她戴起斗笠，無畏高雄惡毒豔陽，一寸一寸地整地拔草澆水施肥。一、兩年下來，後院綠樹成蔭，黃媽媽時不時便來敲我們家後門，遞給媽媽一把玉蘭花，一顆大木瓜或是一串香蕉。

這次我爸出現類帕金森氏症病狀，我媽意外脊椎受傷不良於行，外勞又一時申請不下來，我們家三個小孩都不在的空檔該怎麼辦呢？

媽媽想到有一次黃媽媽看到爸爸的情況，曾經說如果有需要的話她可以幫忙。

我決定厚著臉皮跑到她家門前喊：「黃媽媽！黃媽媽！」

好久不見的黃媽媽走出來時，我意識到啊，她也有年紀了耶。已經不是那個我小時候習慣看到的年輕貌美的黃媽媽，但身體看來硬朗，眉目之間依稀可見過往的清秀。

我講著我們家的情況，萬分不好意思地問：「黃媽媽，可以拜託妳來幫我媽媽做那些煮飯洗衣的繁瑣家事嗎？」

黃媽媽還是那樣的不擅言詞，只是溫柔地盯著我說：「好，沒問題。」

我當場紅了眼眶。

黃媽媽言出必行，早上五點半就送早餐來家裡，幫忙買菜煮飯倒垃圾，還推輪椅陪媽媽去看病跟復健。

過一陣子回高雄時帶了禮物跟紅包去黃媽媽家，黃媽媽看到我很高興，但一發現紅包立刻拿出來塞還給我。

「黃媽媽，拜託妳一定要收啊，妳幫了我們好大的忙，花了這麼多時間照顧我爸我媽，我們真的很感謝妳，不知道怎樣才能表達。」

「不可以，我不可以收，真的啦！以前妳爸爸媽媽對我們很好，很照顧我，我先生住院的時候，妳媽媽整隻雞整隻雞地送來，這些恩情我都還沒報答完哪！怎麼可以拿妳的紅包？」

黃媽媽把我推出他們家，擺手要我趕快回去。

初夏的高雄已經炎熱，但黃昏時分的什麼跟過去幾十年來我所感受到的居然一模一樣。地面蒸發出來的暖空氣被涼風吹散，天空橙黃粉紫地仍亮著，倦鳥卻已歸巢，吱吱喳喳喧鬧。

從黃家到我們家大概只有十幾步路，我拖著腳步慢慢走。以前走完這段路，我就可以回到家打開門歡呼：「銀絲卷買回來啦！黃媽媽又多給我們兩個！」媽媽笑嘻嘻地走過來打開袋子散熱，說：「叫你爸爸不要看書了，趕快上來吃晚餐。」然後我衝著地下室書房喊：「爸吃飯嘍！」聽見爸爸重重的腳步聲有力地走上來，一面問：「好香啊，今天吃什麼？」

如果能再這樣一次該多好。

剛剛在黃媽媽家一直忍著的眼淚，現在嘩啦啦全流了下來。

卷三

總是突然就會想起

「起立！」

「敬禮！」

「謝謝老師～」

寧死不從

爸爸生病期間，我每天穿得花花綠綠去醫院，大聲在他耳邊聊天，還唱各種民歌、兒歌、軍歌、國歌給他聽，常常唱到經過的護理師走進來把我們單人房的門關上……

那次大家叫我爸爸一直叫不醒時，我衝了進去，爬到身邊抱著爸爸的頭大喊：「爸！我是誰？」

躺在床上口鼻罩著高壓氧氣罩的他，在嘶嘶叫的風聲中閉著眼，突然慢慢開口：

「妳是網ㄌㄢ粉。」

圍在床邊的大家哇地驚呼，我繼續喊：「爸爸，你趕快起來喝咖啡好不好？」

我爸還是閉著眼睛，說：「好啊。」

我趕緊追加：「爸，那我現在唱歌給你聽吧！」

這次他沒有開口了，半昏迷的我爸，只是堅決又清楚地，搖了搖頭。旁邊的家人都笑了。

那是我爸最後一次跟我們說話，也是我最後一次聽到他叫我的名字，還讓我們記住了他有多愛喝咖啡，跟他有多寧死也不想聽我唱歌。

我弟弟

在生了我跟妹妹兩個女兒後，我爸終於等來了我弟這個小兒子。

記得媽媽是半夜陣痛，我爸慌忙把她送到醫院去。我和妹妹那時已經睡著，等醒來才發現廚房冷清清的沒有早餐，客廳的窗簾也沒拉開，一片陰暗。

於是我們兩個爬到二樓陽台上，把兩條腿從欄杆縫隙中穿出去，兩個手抓著欄杆條，就那麼晃著腿往外望，等著誰會回來。

那時屁股坐在地磚上，和鐵欄杆涼涼的觸感好像還殘留在身上。我們有一搭沒一搭地說著話，一下看到鄰居爸爸出門上班，一下又看到鄰居小孩紛紛去上學。然後小巷子又回復安靜，對面的竹林裡有蟲鳴叫。

奇怪那時一點都不害怕，篤定相信爸爸一定不會丟下我們不管的。妹妹好像快哭出來卻沒有真的大哭，我心裡想，幸好啊。

後來弟弟越來越可愛活潑，長著濃密頭髮跟大大的眼睛，跟沒頭髮又單眼皮的老爸一點也不像。我爸去買了藤編的小椅子回來，花了很長的時間用繩子結實地固定在腳踏車前的橫管上。

每天早上上班前，他會伸出雙手要求爸爸把他抱住放在小藤椅上，沿著我們那區騎車繞一圈，等結束要抱起來，他大哭不肯，平時很嚴肅的爸爸笑呵呵地說：「好吧好吧，那我們再騎一圈。」

那是我印象中弟弟跟爸爸最親密的一段時間，後來我弟長成叛逆兒童跟頑強青少年，他們幾乎沒有什麼互動，直到我爸生病的這兩年。

吃了非常多年的苦，我弟終於夢想成真，成為大學老師。原本濃密的頭髮，也快速掉落變成跟我爸一樣。基因堅強，我弟真的完全是我爸的翻版，也謝謝上天，雖然繞了很多遠路，我弟還是成為我爸此生最大的驕傲。

這是老王走的那天，小王寫的：

「二〇一八／六／三

父親走了！我那一輩子捨不得吃一頓好的、穿一件好的父親飛往另一個世界了！

我高中沒考好，大學考很爛，他從沒說我一句！

我博士班一直畢不了業，長期靠他支應生活，他雖擔心也從沒說我一句！

我跟他說：博士班畢業要有期刊刊登我的文章才行。他認真地說：刊登在報紙可以嗎？我知道他真的關心我、擔心我！

他說：畢不了業沒關係，盡力了就好！

然後他委婉建議我去考公務員，

我生氣了，認為他不懂我在堅持什麼！

其實，是我不懂父親用他刻苦、節儉、忍耐的一生在呵護著我什麼！

父親走了，我才深刻地回味他對我們一家的溫柔！眼淚一直流，把父親的身影與態度永遠放在心中！」

全世界最寂寞的女孩

爸爸最後一次送急診室那晚，我走進走出忙著照護理師指示挪病床、處理尿布、盯監測器、問點滴。突然非常喧鬧的空間出現了異樣的音頻，轉頭一看，是一個個頭很小的少女站在人來人往的走道上大聲喊著什麼。

原來是在講手機。

女孩骨架纖細，十分娃娃音，給人營養不良的印象，因此說不定實際年紀比看起來大。長長澎蓬的髮染成金色，穿著背心式上衣露出纖細的胳膊，衣長剛好蓋住很短的短褲。她在那裡大聲對著電話那頭的某人嚷嚷。

「你要不要現在過來看看？我已經在急診室了！」

「喂，喂……你怕了吧?!我告訴你，你慘了！我現在就來驗傷。什麼傷？還敢問？就是你虐待我的證據！我現在就拿驗傷單去告你家暴罪遺棄罪！我要去申請禁制令！

你最好現在馬上過來！」

「你掛我電話！你敢掛我電話？你是不是男人啊？你有沒有責任感啊？現在就給我過來我告訴你……」

人來人往的急診室走道，只有她一個人是停在原地的。大家都繞開走，醫護見沒傷也沒掛號就沒人理她，女孩叉開雙腿劍拔弩張，從天上掉下來的刺蝟那樣明顯，也同樣令人避之唯恐不及。

幾次電話之後，她再次被掛掉，接著可能就打不通了。

她仍氣勢洶洶地把手機貼在耳旁，那頭卻再沒人應答。訕訕地東張西望一會兒，便低頭開始滑起手機。

急診室白得過度的日光燈下，每張病床旁都站著著急的家屬或是治療的醫護，只有她周圍一片荒涼，像是核爆之後留下的真空地帶。

拿著爸爸又一次換下的尿布，我停下腳步遠遠望著她，覺得此時此刻這應該是全世界最寂寞的女孩吧。然後不知道為什麼，我就哭了起來。

妳是麗莎嗎？

那天清晨，一直側身昏睡的老爸突然睜開眼睛。

麗莎發現了，從休息的長椅上爬起來，很睏，頭抵在病床扶手上，從欄杆的空隙中喊：「阿公！阿公！你醒啦？」

老爸用已經沒什麼力氣的手把高壓氧的罩子從臉上撥開。

然後拍拍她的頭，「妳是麗莎嗎？」

「嗯！」

爸爸慢慢地說：「麗莎，妳以後好好照顧阿嬤。」

「好！阿公，那你要去哪裡？」

老爸努力抬起手指往上：「我要去一個很遠的地方。」

說完疲倦不堪地閉上眼垂下手，麗莎再怎麼「阿公阿公」地喊，他只微弱回答「嗯」，不再睜開眼睛。

麗莎講這件事時，我們都覺得哎呀也太戲劇化了吧，怎麼像電視演的還會交代遺言，明明看起來都還好，只是一直睡覺呢。

兩天後，爸爸就走了。

爸媽不是什麼神仙眷侶，我媽脾氣不好，對我爸爸總是多所抱怨，我爸時不時也要頂回去個幾句。

但老爸幾十年來從沒在我們面前說過一句我媽不好，最多就是：「你們要體諒你媽媽，她守著一個家也是不容易。」

兩個人吵吵鬧鬧了一輩子，到了最後，我爸最放心不下的，還是我媽。

殺手鐗

這段時間想我爸哭得厲害，那天在車上跟我老公又擦眼淚又擤鼻涕說了一通，有感而發：

「一個人不要做人太好，否則他死了以後親人會傷心過度。我覺得最溫柔善良體貼的人應該要在死之前把所有身邊的人都得罪光光，最好還留一封信告解自己做了多少壞事，這樣活著的人才不會痛苦不堪。」

老公：「好辦法！」

我：「所以等我死了，就會留一封信給你，告訴你其實我在外面生過十八個小孩都沒讓你知道。」

老公（無奈）：「如果妳在外面生過十八個小孩，妳覺得我不會知道嗎？」

電影看太多

一個半小時後，長方形不鏽鋼盤上，只剩碎裂的、大小不一的、十分十分潔白的物體。

火化室的工作人員有一隻眼睛不太好，焦距有些往外偏去，但講的話很正向：「你爸爸身體很好喔，這個年紀了還有這麼多這麼漂亮的骨頭，很多人燒完不到這一半。你們很有福報啊！」

我弟發呆似的一直看著看著，然後說：「原來是這種感覺啊，沒有經歷過真的不知道。」

我說：「我以為是會燒成灰。」

我妹說：「我也是。」

「樹葬的才會燒成灰。」眼睛不太好但心很好的火化室工作人員解釋。

禮儀社工作人員在一旁誠懇地接話：「會以為燒出來是灰的，都是電影看太多了。」

幸好我沒問本來想問的那一句：

「欸，那我爸舍利子在哪？」

撿骨師

為了把爺爺奶奶的骨灰遷到台北，跟高雄的墓園聯絡，沒多久承包的撿骨師就打來，問了編號後他第二天去墓地拍現況照給我，留言說：「原來是這塊墓，我知道你父親，以前常常看到他來整理，我還在想怎麼好像已經有兩年沒看到了。」

看到他的訊息，忍不住哭出來。

原來有人記得我爸爸，記得那個二十多年來風雨無阻、每天默默踩著腳踏車去掃墓的我爸爸。而我爸的確就是這兩年身體不好，無法再自己去掃墓。驚喜來自陌生人對於我爸清楚溫暖的記憶，我們說不出有多麼感謝。

民國三十八年我爸跟我爺爺分別由不同管道來台，幾經周折好不容易相聚。我爺爺長得頎長斯文，面貌俊美，頭腦聰明，是大陸中央警官學校第一屆畢業生，鑽研易經，擅長堪輿，來台後還考取中醫師執照並執業多年，擁有相當傳奇的人生。

十六歲與當時二十一歲的奶奶成親，之後便遠離家鄉求學工作，留下妻子在老家奉養父母扶養子女，算起來結婚後只回家過幾次。我爸十七歲因共產黨清算鬥爭必須逃難，直到四十年後奶奶才再次迎回那個已從少年成為初老、自己最疼愛的大兒子。

而丈夫，則是終身未再相見。

爸爸以前非常嚴肅，很少講到家鄉的事，偶爾稀有地提起奶奶，就會嚇我們一跳那樣地失態哽咽。等到很老了才開始會聊，說他媽媽因為沒有丈夫的庇護，在老家備受欺負，但十分堅強樂觀，每天勤勞農作與家事，還一面教導我爸做人做事的道理。

「你奶奶講的，只有享不到的福，沒有吃不了的苦啊。」他說。

民國七十七年回到老家時，他從車上下來看到遠方人影，在我們面前總是舉止穩重的爸爸居然忍不住奔跑起來，衝上前抱住媽媽大哭，奶奶卻一滴眼淚也沒有掉，摸著他的頭說：「傻孩子，回來了就好，回來了就好。」

我爺爺民國八十二年過世，比他年長五歲的我奶奶還晚了兩年才走。隔年我爸從山東將奶奶骨灰帶回，跟爺爺一起葬在高雄的三信墓園。

極度節儉的我爸，卻捨得花錢為爺爺奶奶修大方又溫馨的墓，兩旁栽上好多棵龍柏和矮仙丹，初期一直長不好，爸爸一再重種拚命維護。如今它們像是要回報什麼似的，雖然已經沒人看顧，還是欣欣向榮，夏天繁花似錦。

不會騎機車也不會開車，爸爸每天清晨五點便踩著腳踏車騎一個半小時的路，再徒步爬上位於山坡上的目的地。

帶著一顆饅頭和一瓶水，還有鋸刀與大剪前往，將周遭的雜草枯枝砍掉，再把他人留下的垃圾清走，從遠處拉水管澆水，修枝、植草皮、刷磁磚。有時太陽還沒出來就出門，直到日落時分才回到家。

爸爸身體不好後，我試著問他好幾次，把爺爺奶奶的骨灰遷到台北好嗎？方便你看他們？爸爸抿著嘴搖搖頭說：「不可以。」

身體又更壞後，有一天我推他在中正紀念堂散步，我說：「爸爸，你不在了以後，想留在台北還是回去高雄？」

我爸回我：「啊？」

「我是說，你走了以後，想留在台北跟我們在一起，還是回高雄跟爺爺奶奶在一起？」我湊在他耳邊喊。

一直以來都很怕麻煩我們、拖累我們的老爸，第一次出現一種很不好意思的表情，小聲地說：「我看還是留在台北吧。」

「那我把爺爺奶奶的骨灰也遷到台北好不好？」

他虛弱地點點頭。

昨天我們一大早抵達三信墓園，撿骨師羅先生已經帶著工人在墓地等著，果然就像講電話時我所感覺的那樣，滿嘴紅通通的檳榔啊。

他說：「我當然記得你爸爸呀！三信墓園一共十四公頃快兩千個墳墓，我在這邊工作十幾年，清明跟過年以外的時間只有你爸爸會來，真的整座山只有他一個人。把那個墓還有旁邊的空地整理得乾乾淨淨，害我修新墓的垃圾都不好意思往那邊丟。」

羅先生大概見多了人生終曲，講話特別爽朗：「做這行還不錯啦，就是很熱，蚊子很多，還有會常常看到人在墳地上爭財產，講一講就打起來。」

我妹說：「那還是不要有財產比較好。」

羅先生聽了大笑，用台語回答：「沒財產就沒孩兒啦！」

工人起掘時，我們站在山坡下等。早上的山裡，蟲鳴鳥叫此起彼落。我妹四望這片深山，「以前爸爸在這裡，怎麼大聲哭著喊爸爸媽媽都不怕被人家聽到吧。」

羅先生牽著他兩歲的兒子，三隻溫馴的狗也立在一旁，一起與我們道別。

接著由我弟開五個小時的車回台北，將爺爺奶奶的骨灰罐放進爸爸旁邊的塔位裡。

近一個世紀的時間都處於分離狀態，來自山東棲霞的一家三口，現在終於可以在台北團聚了。

老王回老家

我爸過世那晚，醫生宣布了死亡時間，沒多久禮儀公司的人過來，俐落地將床推到位於地下室的台大醫院往生室，禮車已在外面等待，不一會兒我們就快速行駛在前往第二殯儀館的深夜馬路上。

一路上，我望著窗外對靜靜躺在車子後面的爸爸說：「爸，你看，是中正紀念堂，我每天都推你在裡面散步……爸，我家到了，新年的時候我們有在大廳拍全家福記得嗎？還有台大校園，三月有杜鵑花節，你說每一棵都好看，每一棵都幫你照照……爸，殯儀館就快到了，你還記得我以前就住在隧道的那一頭嗎？」

就算誦經的法師提醒我們不要回頭，直直往外走就好，我還是忍不住停下腳步，轉身看著正被送往冰櫃室的爸爸。一心只想跑過去，把袋子的拉鍊拉開，告訴他們，這樣我爸會喘不過氣來。

告別式前我們去看躺在冰櫃裡的老爸，除了全身冰涼涼之外，其他面容啊身體啊都很安詳平靜。我媽撲上去摸他的臉，大哭著說：「王競存啊，你怎麼就丟下我一個人啦！」

我一面沒辦法控制地流下超多眼淚跟鼻涕，一面從包包裡拿出小剪刀跟小密封袋，哽咽得好不容易才能開口說話：「爸，我給你剪一點頭髮下來喔，過幾天我們把你的頭髮帶回山東，讓你回老家看看。爸，你放心，我一定會帶你回去。」

冰凍過的頭髮很硬，而且我爸要走之前看起來人還好好的，我媽跟麗莎才剛用輪椅推他去剪頭髮剃鬍鬚過。所以我剪了很久，才剪一點點，裝在袋子裡迎光看，一根根短短的銀白，很清爽，就像一向愛乾淨的爸爸該有的樣子。

把那裝進包包裡，八月底我們搭山東航空直飛煙台，機上每個窗子都貼著論語裡的一句話，我座位旁的那張寫著「子曰：父母之年，不可不知也，一則以喜，一則以懼。」

包包裡還有一封紙質已經發黃的信，是很多年前從老家寄出的，上面寫著山東省棲霞縣蛇窩泊鎮大柳家鄉葦頭村這個沒有門牌號碼也不知道是否還存在的地址。行前我妹超焦慮，一直碎念：「我們沒熟人在那邊，也不知道地方，就這樣飛去真的可以嗎？」

回哪個家？

雖然開放探親後爸爸已回老家幾次，但他只帶我媽去過，以前他常說老家條件太差，沒水沒電沒廁所的，怕帶我們三個小孩回去受不了。即使是最後的時光，我爸好像也不太清楚自己的病是不會好了，只有一次我帶他出去散步時問他：「爸，你想不想回家？」

我爸虛弱地抬起頭凝視前方：「回哪個家呢？我哪裡還有家？」

而關於老家到底該怎麼去，家鄉還有沒有親戚，爸爸終究沒有交代給我們。

於是那天在煙台我們坐上向飯店預訂的包車時，司機神清氣爽地問我們：「咱們去哪？」我一時語塞不知該怎麼說，只能把信封上的地址念一遍給他聽，告訴他我們也不知道有多麼鄉下，路會不會根本進不去。

司機（當然是山東大漢）高高興興地說：「沒事兒，輸入導航就行，頂多就七、八十公里，隨便開，一個多小時就到了。」

「隨便」是他的口頭禪，我們問包車時間是怎麼算呢？他樂呵呵答：「隨便算，沒事兒，想去哪裡去多久都可以，只要不過夜就行，呵呵呵！」一聽說我們是台灣來的，馬上正色：「哎，你們那邊現在又是地震又是水災的，真是苦了我們台灣同胞了。真的，都來，你們都來，大陸現在比以前好太多啦，你們來，隨便〜隨便都能找到好工作。」

我們聊起來知道他只生了一個女兒，就開玩笑說怎麼不再生個男孩，他小聲地說：「現在養小孩不比從前，可不能隨〜便〜養，都得花大錢，一天一天過得像坐牢似的，如果再生個兒子，就等於判無期徒刑嘍。」

二十多年前去過一次老家的我媽記得那裡交通很不方便，路很糟，因此當「隨便哥」說說笑笑間從省道轉進小路，一路順暢到了條小河上的橋邊，而那裡正立著一個石碑大大寫著「輦頭」二字時，我們臉上都還掛著剛剛聊天的笑呢，一時不知該如何反應。

怎麼我爸千思萬想彷彿得跋涉千山萬水的老家，就這麼彈指之間輕鬆來到了？

公路雖然都修好，可以直進村子，但地方確實還是鄉下的。

河邊有許多人正在大石頭上洗衣服，小孩光著屁股玩水，見到有車來都仰頭張望。村頭蹲著幾個人，臉跟手腳都曬得黝黑，好奇地盯著我們。

隨便哥把車停好，讓我們下來，那裡有一些婦女正坐在門前揀菜聊天，男的則光著上身抽著菸。

隨便哥幫我們用山東話解釋了，然後要我們告知長輩的名字。

我說：「我們要找王培堂的家。」

他們討論了一會兒，其中一人回答：「王培堂不在了。」

「我知道，他是我爺爺，我們現在想找他以前住的地方。」

男人們又用腔調很重、我幾乎完全聽不懂的話交談一下，突然隨便哥揮揮手，「你們跟著走，他要帶你們去了。」

男人邊走邊抽菸，快步往前。

正是櫻桃季

村子裡還是碎石子路，路面潺潺橫流著一小股一小股從山上流下來的水，司機說是昨天有颱風，下了一整天的雨所以變這樣。

我們一腳高一腳低踉蹌跟著，男人彎進小巷，走到盡頭，跨進一道木門，朝裡面哇啦哇啦地喊。

咦？不是要去老屋？這是老屋嗎？怎麼裡面有人？不是聽說老家都沒人了嗎？

疑疑惑惑跟上，只聽屋裡哐噹一陣響，一個高大黑膚的男人裸著上半身一手端著碗一手拿筷子地走出來，瞪著大眼跟那個男人對喊了幾句，瞬間他像是突然懂得了什麼，表情一下子變得十分柔軟，剛剛看起來還很凶的他現在簡直眼淚在眼眶裡打轉，努力用我們聽得懂的口音說：「是親人啊！是親人啊！進來吧，進來，這是家啊！你們回到家了！」

一個胖胖的中年婦女也跑出來，手中抱著一個全裸的小男孩，應該是天氣太熱，就讓他光溜溜地吃午飯。

我們被熱情地招呼坐到炕上，我爸以前說過，山東的炕底下有通道跟煮飯的灶相連，這樣冬天時一燒火，炕馬上暖呼呼的，晚上當床睡覺，白天當飯桌吃飯，吃喝拉撒睡都在炕上。

拚了命地南腔北調溝通了一段時間，終於搞清楚原來男人是我四爺爺的外孫、我要叫二表哥，女人則是二表嫂，全裸小童是他們的孫子。

之後表哥趕緊套上衣服帶我們去見他媽媽，也就是我四爺爺的女兒。因為已經先打過電話，我們再度穿越了那條橋來到對面後，一個木門已經打開的房子前站著位老太太，年紀很大了卻仍高眺纖細，短短的白髮別在耳後，她遠遠望見便奔了過來，拉住我媽媽馬上淚流滿面，「大嫂妳來啦，我大哥怎麼沒有了呢？」

二爺爺、三爺爺、四爺爺還有我爺爺那一支的年輕人當年躲共產黨鬥爭全跑了出來，三爺爺、四爺爺分別在煙台被抓去當兵。四爺爺到了昆明卻得到瘧疾，重病到軍隊移動時必須把他丟下，他於是脫下身上唯一值點錢的手錶交給跟他一起被抓兵的妻舅：「如果能回去的話，告訴你姐姐，讓他們母子好好過日子。」

從此無人再有四爺爺的消息。

到台灣後，我爺爺在報紙上登了好幾次的尋人啟事，懷抱丁點兒希望說不定四爺爺後來有跟上，但最後還是沒等到。

我們抱頭哭了一陣，我問老屋還在嗎？我想把我爸的頭髮放在附近，讓他有回家的感覺。表姑腔調很重，我只能猜出大概是沒有了，二表哥說他幫我收著，清明節放回祖墳上。

他們一直嘆氣說：「可惜啊，現在沒有大櫻桃，四月的時候回來可好了，大櫻桃可好吃了。」然後說最好吃的大富士也要等到中秋節時才有，現在只有迦納蘋果啊。

表哥他們有一些地，種了許多果樹，不同季節收成不同水果。帶我們去看，真的紅豔豔的蘋果就在樹上滿滿隨～便長著。表哥拿著塑膠袋，看見紅的就喀喀喀地摘給我們，連聲說：「這個不值錢，真的不值錢，好不容易來一趟多帶一些回去吃。」

他那個光著屁股的小孫子（出門前套了上衣卻還是沒穿褲子）被我表嫂抱在手上，我們拿蛋糕給他，不肯要，但表嫂摘了一顆蘋果，他馬上接過去雙手捧著大口咬起來，吃得津津有味。

光給蘋果還不夠，一聽我們要走了，表姑馬上衝到屋後徒手拔了一大堆花生，站在路邊火速清掉土跟葉子，然後還洗得乾乾淨淨裝滿一大袋提到車子上（現拔花生好吃得要命，真的會停不下來），抹著眼淚站在路中間看我們車子開走。

思思念念，不敢忘本

出發前二表哥打電話給在煙台海港工作的他的小弟（因為比我小三個月所以是表

弟），要他一定到我們住的地方看看我們。於是車子一到，我的表弟還有表弟妹跟他們的兒子就出現在飯店大廳了。

我們一起終於吃到煙台最有名的海鮮，有好多是在台灣看都沒看到過的。他們的海港深漁船多，居然可以吃到殼超大超美的那種海螺，肉吃完那殼我都捨不得丟，好想帶回家收藏。

表弟在煙台待久了普通話較好，我終於聽懂他們在講什麼。表弟說：「老屋還在呀，你們沒看到嗎？哎呀太可惜了！」

他兒子二十多歲，有財經專業的他已經是個有房有車的有為青年，長得高大斯文，見多識廣，講起話來十分穩重，做起事情來還細心，面面俱到。我突然有種「啊我們王家人果然很優秀啊（欸人家又不姓王）」的（長輩）心情。

有為青年跟我互加了微信，承諾下次回鞏頭他一定拍老屋的照片傳給我看，而且會把我爸的頭髮放回那邊。

就在今天，他為了我表姑也就是他奶奶的生日特別請假回去，然後開著車跑一趟老屋。老屋裡面長滿了雜草，已經進不去，他站在院子裡把我爸的小小遺物從木窗格塞進屋裡，拍好影片傳給我，然後說：「我總算完成姑姑妳交給我的這項小小任務了。」

在這個屋子裡，我爸爸出生；他跟著叔叔們上山耕作、跟著媽媽貼餅包餃子、跟我姑奶奶比賽踢毽子；生大病時，學過中醫的爸爸幫他放血救了他一命；他的爺爺我的曾祖老是偷偷把這個長子長孫叫進房間裡，給他一些好吃的東西；他倉皇逃難時沒有回頭多看一眼，以為很快就能再回家。

那個村頭寫著「輦頭」的石碑後面刻著「王氏於明末由安子夼徙此，為了不忘家鄉取名念頭，後改名輦頭。」

我爸果然是這裡的人啊，祖祖輩輩思思念念，不敢忘本。

老王總算回到了老家。

似乎冥冥中皆有安排，今天，正好是我爸走後第一百天。

在這個屋子裡，我爸爸出生；他跟著叔叔們上山耕作、跟著媽媽貼餅包餃子、跟我姑奶奶比賽踢毽子；生大病時，學過中醫的爸爸幫他放血救了他一命；他的爺爺我的曾祖老是偷偷把這個長子長孫叫進房間裡，給他一些好吃的東西；他倉皇逃難時沒有回頭多看一眼，以為很快就能再回家。

鮮奶油山東大饅頭

在當我爸的女兒這四十幾年中，他從來沒有一次為了自己的什麼節日開口說「要不要回來啊」這種話。於是離家後的每年我都偷懶，只有打電話回家大喊：「爸！父親節快樂！」

只要這一句，我爸就能樂開懷，呵呵呵地笑著回答：「好，好，快樂，快樂。你們快樂我就快樂！」

十九歲以前我還住在家裡時，偶爾突然想到那樣，會在父親節跑去買一個奶油蛋糕回家，我爸就高興得不得了了。古早古早的蛋糕上面用的不是現在那種入口即化的美味鮮奶油，而是很油膩，放進嘴裡怎麼也吞不下去，還會染成很誇張的粉紅色跟綠色，讓整個蛋糕俗豔得不得了的東西。

所以我們都把那層花花綠綠刮掉，只吃下面的蛋糕。節省的老爸連忙把奶油都收進碗裡：「這些可都是好東西呢，千萬別扔了。」

之後連著好多天早晨，都可以看見我爸寶貝兮兮地把那個碗從冰箱裡拿出來，然後用筷子把奶油抹在他最喜歡的熱呼呼山東大饅頭上，津津有味地嚼著，一面眉開眼笑地說：「你們都不懂，這種東西就是要這樣才好吃啊。」

爸，今天是父親節，你有沒有記得吃一顆花花綠綠的鮮奶油山東大饅頭？（如果他們在天上有分店的話，記得用紅葉蛋糕的鮮奶油會更好吃喔。）

爸，今天是父親節，你有沒有記得吃一
顆花花綠綠的鮮奶油山東大饅頭？

他的名字

我爸爸本名王文國，小名龍興。民國二十年出生於山東省棲霞縣蛇窩泊鎮輦頭村，是核桃樹下王家的長子長孫，有一個弟弟跟兩個妹妹。七歲開始一面幫忙家裡的農活一面上學，雖然總是最後一名，但還是很喜歡讀書。

從來沒有想過他會離開家鄉所在的小小輦頭村，以為自己就跟祖祖輩輩王家男人那樣，過著放柞蠶、種小麥、砍松枝、趕集市的生活，娶個同村或隔壁村的女人，生幾個孩子，夏天吃雜糧餅、冬天吃地瓜乾，艱苦卻穩當地過一生。

誰知鄉村少年竟會被戰火逼著拔根而起，別說離開輦頭村，他還一路經過了煙台、青島、上海、湖南、杭州、廣州，再到他聽都沒聽過的澎湖，流亡穿越大半個中國後終於在島嶼台灣落腳。

一直以為很快就能回家，所以一分一秒都不敢浪費那樣地拚命努力。我與爸爸同在這世界的四十九年裡，從來沒有一天見過他喪志或懶散，不管是教書或是照顧家庭、養育小孩，他都竭盡全力。但最終的最終他還是沒能落葉歸根，和他的祖父、曾祖葬在同一個老家山頭。

就算這個島上老是有人喊「外省豬滾回去」，但我爸對於台灣總是心存許多感謝。他說若不是逃來這裡，他一定沒有機會念到大學畢業，也一定養不出一個大學教授的兒子。

我爸來台灣後改名字，自己取了「競存」，意思是在這世上一定要競爭才能生存，可見當時他對於活下去之艱難有多麼深刻的體會。以前他常說自己渺小，這世上不多他一個也不少他一個，「甜甜堂堂將來還會記得我嗎？」他曾經這樣問我。

但如果我寫的老王可以讓某些人記得一下下我爸爸這個人，這樣我覺得我活這一生也算是有點價值。

我爸爸叫王競存，超愛讀書，長得很帥，一輩子都是個大好人。

麗莎再見

我跟麗莎說，因為阿嬤沒有行動不便，沒有文件，所以不能繼續請她時，她跑去床上用被子蓋住頭大哭了一場。

起來之後她說：「可是我看菜市場有很多阿嬤會走路，也是有外勞照顧她們啊。」關於這裡面許多錯綜複雜的東西，我們竟一時語塞不知道該如何回答。仲介得到消息，很快就要來把她接走，我想現在排隊等著申請外籍看護的一定很多吧。

昨天我們請她吃飯跟吃冰，然後依照爸爸以前的交代包了一個紅包。當她開始收拾東西，換我媽大哭了。

祝妳遇到很好的新老闆，好好照顧新的阿公或阿嬤，然後趕快存夠錢回家跟先生小孩團聚，謝謝這一年來妳給我們種種寶貴的幫忙。

謝謝麗莎。麗莎再見。

2018.4.26 王蘭芬

鎌倉物語

日本電影《鎌倉物語》實在好適合現在的我看。哪天我坐上江之電抵達黃泉站時，我爸一定跟很多也是來接親人的人一起擠在月台上，深怕我沒看到那樣，對著我高高舉起手來吧。

「ㄒㄠˇ ㄈㄣˇ啊，ㄒㄠˇ ㄈㄣˇ！這裡這裡！」

總是突然就會想起

去日本玩，走來走去，看到「遠慮」兩個字，我都會停下來多看一眼。

以前我爸老是忘不了老師的職責，三個小孩都超過四十歲了，還當我們仍是很小的小孩那樣，笑咪咪地說：「我考你們一下啊，人無遠慮，必有什麼？」

我們大聲回答：「近憂！」

老爸呵呵大樂：「答對了！千萬要記得孔老夫子這句話啊，講得真是很有道理。」

爸爸，在日本，「遠慮」不是「長遠的考慮」，而是「不要」的意思喔，想不到吧？

站在大阪萬頭攢動、人聲鼎沸的街頭，我哭得像個和爸爸走散的小孩。

沒有人認識我的同學會

請問你知道王老師搬去哪裡了嗎？

坐高鐵回高雄，參加了一場沒有人認識我，我也不認識裡面任何一個人的同學會。

那是大社國中第十屆畢業生在畢業三十四年後，第一次舉辦的大型聚會，也是民國六十年該校創校以來，首次邀請當屆全體老師參加的同學會。

一個月前第十屆學生找到了幾位老師，並請教他們有誰還有跟王競存老師聯絡，因為不管怎麼打我們高雄家的電話總是沒有人接。其中一位江老師說：「啊，我就住他們家附近，不然我去找找看。」

江老師來按了門鈴，沒人回應，又撲空了幾次，於是決定問鄰居，正好遇見的就是以前賣銀絲卷的黃媽媽，她熱情地邀請江老師進屋吃飯，邊包著水餃邊說：「王先生跟王太太搬去台北一年多，那個，王先生最近剛剛走了。」

聽到媽媽轉述她接到江老師電話的事，我說好感動啊，居然學生還記得爸爸。以前爸爸常常叨念：「學生都叫我糊塗仔，現在應該沒人記得我了，沒有人記得連國語都說不好的糊塗仔國文老師了。」

我要去

就在那一刻，我決定要回高雄一趟，代替老王看看好久不見的學生。

寡言的爸爸以前很少提學校的事，我也從來沒見過大社國中的學生，但退休後他講過好幾次：「我教的都是些放牛班，很多學生不喜歡念書，也不守規矩，打也沒有用，打他他只會更不聽你，只好一遍一遍講，你們不喜歡讀書沒關係，至少國中要念畢業，好好找個工作，做個對社會有用的人。」

我爸話說多了總喜歡喝口熱茶，哈地嘆口氣才繼續：「有時候我真為他們擔心，你說這些學生，不念書萬一又不學好，將來日子要怎麼過呢？我光是這樣想，就替他們感到害怕得慌。」

那天第十屆的七個班每班都有不少人到，把餐廳擠得滿滿的，各班導師十分難得地到得很齊，獨缺三年六班導師王競存。

我跟我媽坐在原本為我爸準備的座位上，當主持人揚聲：「起立！敬禮！」一屋子的中年人（多巧，他們這屆剛好跟我同年）一起轉向這桌，鞠躬，用可以掀翻屋頂的聲音大喊：「老師好！」時，一股什麼情緒霎時哽在喉間。

爸，你聽到了嗎？

對照他們帶來的同學錄，大家果然都老了一些（如果都沒老也太可怕了），有的人看起來過得很好，有的人似乎歷盡滄桑。黑白照片中他們全是十五歲的少年少女，純淨的雙眼望著鏡頭，那時他們是否可以想見此時的自己？

糊塗仔老師

同學們雖然不認識我，但在知道我是王競存老師的女兒後，都馬上用令人超級感動的熱情圍靠過來。

「我國一時是給王老師教的，他發現我喜歡寫書法，就叫我去參加比賽，後來每年都會去比，到高中還比到全高雄縣的，我書念得不好，但就是很喜歡寫，真的很謝謝老師的鼓勵。」

「國一那年有次老師說我一篇作文寫得很好，結果校慶時居然發現那篇被貼出來展覽，真的很不好意思，但從那時開始我就很喜歡國文，國文成績一直都不錯，到現在也還是很喜歡看書。」

大家七嘴八舌地回憶。人生第一次，我聽到有這麼多人談論我爸。聊到後來，他們索性也叫我「同學」。

「同學，我記得王老師很慈祥哪，不管跟他說什麼他都笑笑的，平常看到他不是在看書就是在籃球場打球，每投出一球就會把身體側向一邊看球進了沒有，像這樣（歪頭），很有趣。」

「同學我跟妳講喔，有一次有人把他腳踏車的輪胎刺破了，老師沒說什麼，只是自己一個人慢慢把車牽回去。我看他走在路上還問，老師你怎麼用牽的？他說輪胎破了。我問這樣要牽多久才會到家啊？他還笑笑地說沒關係。」

我記得那次。爸爸原本騎車就要一個多小時的路程，這樣牽著回到家時都天黑了。我生氣猜想，爸，會不會是誰故意把你車胎刺破的？我爸搖搖頭，不會有人承認的，但不管是因為什麼事對我生氣，如果他做這件事可以消氣，那也好，我等一下牽去腳踏車店補一補就沒事了。

大社國中在當時算是非常偏遠的學校，學生普遍沒有念大學，然而我一桌一桌聊天後發現，他們有的畢業便就業，不然就是念技職校，後來在各行各業都做得有聲有色：有開大賣場的、開餐廳的、開補習班的、開洗衣店的、開藥房的、開花店的、開美容院的，有做水電、做汽車材料，有教跳舞的、做黑手的，有賣雞肉、賣衣服、賣保險、賣水果、賣滷味的等等等等。

也有很會念書的，還考上清大（老王如果知道一定會瞪大眼說：不得了！這真是不容易啊），現在有很棒的工作，女兒還是會考狀元；有念高雄工專的，成為高級工程師；也有連任五屆里長的；當上獅子會會長的……總之，糊塗仔的學生真是遠遠超過我想像的厲害啊。

那些年我們都有過的故事

跟我同年的大家，好多人的小孩都二、三十歲了，還有兩位同學分別已經當了阿公跟阿嬤（天哪～）。就像所有五年級後段班生，除了拚命工作，我們也都各自經歷了愛情、婚姻與家庭。

那天來的第十屆裡，居然有三對「屆對」，有從國中開始戀愛然後一路順利走進家庭的；也有告別前一段情緣，居然因為辦同學會重逢以前隔壁桌的那個男生，相戀再婚的；還有一對，太太跟我說他們是畢業開始工作後路上相遇，竟因此交往，她手往後面一指：「以前在學校他是跟那個女生在一起的啦。」老公坐在旁邊，笑得有點尷尬。

在餐會結束後載我和我媽回家的男同學非常溫暖，一路聊得很開心，他原本在台北工作，後來回高雄發展，我問：「老婆小孩也都回來了嗎？」他遲疑了一下：「只有帶女兒回來，老婆後來沒在一起了。」我頓時失去了語言，他反過來安慰我：「還好啦，最辛苦的階段已經過去，現在女兒已經在念高中，輕鬆多了。」

臨走，大家跑到門口來送，女生牽著我的手，男生站在後面揮手，「同學，明年再回來開同學會！」

三個微笑

托爾斯泰的〈三個微笑〉裡，產婦生下一對雙胞胎女兒後，面臨死亡，她哭求天使別帶她走，怕小嬰兒會活不下去，天使第一次面對上帝派給他的任務時感到猶豫。

於是上帝將他貶至凡間，要他找到「人們心中有什麼」「人們不知道什麼」和「人們可以仰賴什麼」三個問題的答案，才能再回到天堂。

他遇見一個鞋匠在大雪天裡好心地把他帶回家裡，分給他僅剩的少少食物，他第一次微笑了。有個富人前一刻才來訂作打獵的長靴，下一刻卻因回程路上摔死，僕人回頭來要求改成喪禮用的短靴，他再次微笑。一天一位婦人帶了對美麗的雙胞胎來做鞋，說她們的母親已經過世，是鄰居們一起共同扶養這兩個小女孩的，這時他第三次微笑起來。

瞬間通體發光的他起身，告訴驚訝不已的鞋匠，第一次微笑是因為他發現了第一個問題的答案：人們心中有愛。第二次他了解到，人們不知道自己接下來會發生什麼。第三次微笑是因為，他發現，原來人們可以仰賴彼此。

老爸教書的幾十年，加上退休後的幾十年，都在擔心他放牛班學生的未來。

前天在大家吃飽飯歡唱的卡拉ＯＫ歌聲中我突然明白，就算沒有老師的看顧，沒有天使的憐憫，孩子們只要心中有愛，明白世事無常，並以柔軟的態度互相幫助，他們還是能開創出自己的一片天，好好長大，擁有美好的人生。

鐘聲響起

這時上帝一定對正從天堂笑咪咪往下望著我們的王老師說：「你看，他們每個人都有夠用的福氣，以前都白擔心了，現在你終於可以喊下課了吧。」

「好，好，那，我們下課了啊。」老爸一定會微笑著這樣說。

「起立！」

「敬禮！」

「謝謝老師～」

【後記】

漫長的等待

爸爸第一次住進台大醫院，把肝硬化造成的腹水抽掉後，馬上胃口跟精神都變得不錯，只是腦子有點糊裡糊塗，實習醫生常常來聊天測試他衰退的程度。

那天又有穿著短版白袍的年輕男生客氣地大聲跟他打招呼，然後指著我問他：

「北北，這個是誰你知道嗎？」

我爸抬頭看了半天，說：「她是網ㄌㄢ粉（山東腔的王蘭芬）。」

「那她呢？」醫生指指外籍看護。

「麗莎。」爸爸又答對了。大家都給他拍拍手。

「北北，還有一個啊，那位是誰你認識嗎？」醫生要我爸看向坐在他對面沙發上的我媽。

他點點頭說：「認識。」

「哇！你認識耶，好棒，那她是誰呢？」

老先生被問累了，把垂著的頭再抬起來一次，盯著老太太看了看，手臂舉起兩秒接著重重放下，努力打起精神回答：

「她是印尼國國王！」

嚴重的肝硬化不僅讓老爸的身體極度虛弱，併發的器官病變也使得腦部萎縮，不知道是不是這個緣故，過去十分內斂寡言、習慣憋著心事的大男人，突然不斷冒出許多我們聽來莫名其妙的言語。

例如在安寧病房時，某個早上醒來，吃過早餐，他突然心事重重地說：「哎，既然某某某都這樣說了，我們也只能照辦，這樣大家都好吧。」看似神志十分清楚地再三重複。

我問：「爸，你說的那個某某某是誰呀？」

他呵呵笑起來：「妳問我他是誰，我也記不得了。」

下午弟弟來病房，我提起這件事，他馬上說：「某某某是我高中教官啊！幾百年沒聽過這名字了，爸爸是哪根筋突然想到？」

本來以為那不過是退化過程中的某種錯亂現象罷了，轉身一忙便忘記。

我爸過世快一年，前幾天跟我妹在春水堂吃完牛肉麵，然後一邊喝著白毫烏龍一邊隨便聊天時，想起這件事，就跟當時不在場的她描述了一下，「好妙，到底是什麼讓爸爸突然想起弟弟高中教官的名字？」

我妹若有所思地說：「我記得……弟弟那時候發生過一件事，這個教官的名字我聽過。」

原來我弟高三畢業那天參與一場群架，有學弟受傷，所有人都被抓到訓導處，事情鬧得很大，教官打了好幾次電話來家裡，連大學放暑假回高雄家的她都接到過。

我跟我妹坐在春水堂裡，兩個人都哭起來。

因為那個瞬間，我們同時明白了，生命即將走到盡頭的我爸，腦中那些因為關心、因為忍耐、因為無法表達的愛而被鎖在意識抽屜深處的一切在大火即將燒毀整個海馬迴前，一頁頁被熱與光掀出照亮，他只是看見了並讀出那泛黃紙頁上的字句，就這樣洩露他過去難以用言語表達的對我們三個小孩那麼深的情感。

二十幾年前，我爸接到教官的電話時，一定非常非常擔心憂慮吧。面對已經十八歲、脾氣暴躁的王家唯一的兒子，當老師的爸爸除了一如既往地諄諄教誨，並眼看著他聽完一臉不耐甩頭離去外，還能做什麼呢？

他只能忍耐，只能等待。

等待我弟有長大懂事的一天，就像我爸八十七年的人生中永遠在等待的一切那樣。

我帶你去

民國二十年出生於山東棲霞的父親，三十八年隨著山東聯中逃難到澎湖。被時代巨浪衝擊得頭昏眼花的農村小孩好不容易可以鬆口氣時，才發現自己舉目無親，還跟著其他同學一起，被違背當初國民政府所承諾會讓他們繼續就學決議的軍人將領，強迫當兵。

忍耐著，等待著，只求能活下去並期待有一天可以繼續念書。拚了命地努力及奮鬥二十年後，他才終於念完大學、謀得教職，並娶妻生子。

幾年前開始爸爸不再每天早上去小公園運動，也不再一有空就去掃爺爺奶奶的墓，只是搬著一張老藤椅坐在門口曬太陽。那時我們居然一點也沒警覺到他身體出問題。一年只回去高雄一次的我，每次打電話回家，我爸都樂呵呵扯著大嗓門喊：「都挺好的啊，人老了都這樣，腿腳不行了，走起路來頭昏眼花，哎，這是自然的退化，只要躺在床上就跟好人似的，也不痛也不癢。」

沒注意到，爸爸這樣大聲說話是因為耳朵逐漸聽不見。更沒發現他連最喜歡的饅頭都不吃，是因為牙齒都掉光光，媽媽每天把麵條煮得軟爛，讓他用牙齦慢慢磨著吞下去。幾十年來每天必讀的報紙不看了，他眼睛根本半瞎我也完全不知道。

直到走前一年，某個晚上醒來突然分不清東西南北，沒力氣下床，驚嚇得大小便失禁，我們才終於第一次醒悟，那個在我們印象中總是高大強壯、一肩扛起整個家的老爸，正在垮下去。

過往雖然知道爸爸年紀大了，但我總是想，再等一陣子吧，等雙胞胎再大一點……等他們上小學……等他們上國中……等可以放心脫手我就可以多回家陪爸媽，帶他們去檢查身體，帶他們去大陸玩，或者至少讓老爸再回一次老家。

自從我爺爺在台灣過世、我爸去老家把奶奶骨灰帶來合葬後，就再也沒回去過。我每次問：「爸，你有沒有想去哪裡玩？我帶你去！」

「大陸的大好河山倒是值得去看看啊……不過我在家裡也可環遊全世界，我把你們以前的地理課本都找出來，重新複習，搭配妳給我買的大陸地圖，就可以沿著長江、沿著黃河，一個地方一個地方遊覽，我這叫臥遊啊，也不用搭飛機也不用搭船的，妳看看多好。」

印象裡只有一次，我又問我爸要不要去哪裡走走，他不太好意思地小聲說：「三峽大壩要動工了，我還真是想趁景觀還沒有改變前去看看。」然而那時我報社工作忙，壓力很大，不知不覺就拖過了時間，後來三峽的居民開始搬家，再後來大壩完工放水，李白「朝辭白帝彩雲間，千里江陵一日還，兩岸猿聲啼不住，輕舟已過萬重山。」的情景，終於沒被老爸等到就再也無緣相見。

爸爸生病，媽媽也因意外行動不便，我強迫著把深怕拖累子女的兩個老人搬到台北來。開始帶爸爸去動白內障手術、去裝假牙跟助聽器，爸爸那時身體還沒那麼虛弱，聽到我們要幫他做這些，氣半天，最後不得不妥協時嘆氣：「花那麼多錢幹什麼呢？萬一做好了我就死了，這些東西也沒人可以再用，不是浪費了嗎？」

而果然，等這一切都弄好，爸爸就走了。

老王總是在等待

爸爸走後這段時間，我想都不敢想，他究竟是忍耐了身體這所有的不適多長時間，在那些看不見、聽不清、吃不動、無法走路的長長日子裡，是什麼支撐著他一天一天過下去的？而又是什麼讓他忍耐著忍耐著忍耐著，從來不抱怨不叫苦，每次見到我們都還是樂呵呵的？

老王總是在等待。

等待我考上大學，等待我妹考上大學，等待我弟考上大學。

等待我弟平安退伍，等待我弟碩士班畢業，等待我弟熬那長長的十一年博士班，等待國際期刊刊登我弟的論文，等待我弟那非當大學老師不可的堅持得以實現。等待那個從小最讓他擔心又從來不敢多說一句、怕他壓力太大的王家唯一兒子終於有一天可以實現夢想，可以成家立業，可以不必再血氣方剛地到處衝撞，可以讓他真正放下心來。

然而，就在我弟拿到大學教職那一刻，我爸倒下了。就算生命僅剩最後一線微光，他拚命想照亮的、依舊惦記著的，還是那個不好好念書，高中一畢業就跑去打架的兒子。

我想起來我爸第一次進急診室，驚慌得神志不清，我弟我妹趕回去幫忙。等老爸好不容易平靜下來，我弟走到急診室外把眼鏡拿下來痛哭失聲，他跟我妹說：「是我害把拔生病的。」

從很久以前我就想寫我爸的故事，每次回家都跟他聊，卻一直沒有成書，我說：「爸，你再多說一點，我幫你寫出來。」他總笑嘻嘻回答：「我這個小人物，有什麼可寫的？」

走前兩個月有一天，彷彿感知到什麼，他突然拍拍沙發說：「來，小芬，妳坐這裡。」他很高興的樣子，「我的人生實在經歷很多很多，也算是傳奇啊，我現在跟妳說說，妳就幫我記下來好吧？」

「好啊！爸爸你說，我用手機錄音喔。」

爸爸興奮地準備開口，卻啞了半天，最後困惑地笑說：「奇怪，本來有很多想說的，怎麼現在什麼都想不起來了。」

老王等了好久好久，等了整整一輩子，永遠為別人而活的他從來沒有為自己等來什麼。現在，終於有了這本「網ㄌㄢ粉」幫他寫的書，而老王已經不在了。

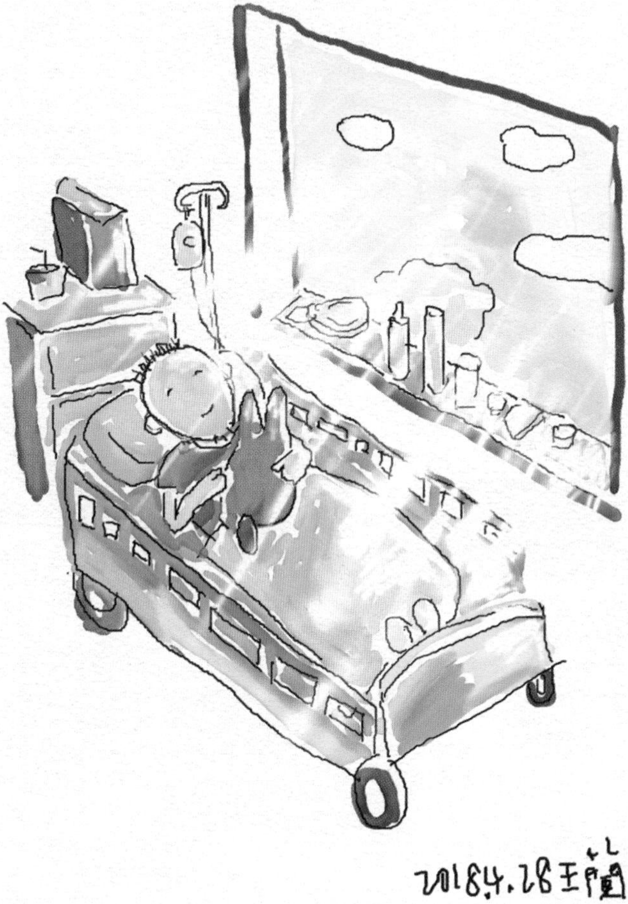

2018.4.28王簡芬

美麗田 166

沒有人認識我的同學會（記得你封面版）
寫給親愛的老王

填回函雙重禮
①立即送購書優惠券
②抽獎小禮物

作　　者｜王蘭芬
出 版 者｜大田出版有限公司
台北市一〇四四五中山北路二段二十六巷二號二樓
E-mail｜titan@morningstar.com.tw　http：//www.titan3.com.tw
編輯部專線｜（02）2562-1383　傳真：（02）2581-8761

總 編 輯｜莊培園
副總編輯｜蔡鳳儀
編　　輯｜葉羿妤
行銷編輯｜張筠和
行政編輯｜鄭鈺澐
校　　對｜金文蕙／黃薇霓
內頁美術｜陳柔含

初　　刷｜二〇一九年六月十二日
記得你封面版初刷｜二〇二四年二月十二日　定價：三二〇元

購書E-mail｜service@morningstar.com.tw
網路書店｜http://www.morningstar.com.tw（晨星網路書店）
TEL：04-23595819　FAX：04-23595493
郵政劃撥｜15060393（知己圖書股份有限公司）
印　　刷｜上好印刷股份有限公司
國際書碼｜978-986-179-854-7　CIP：863.55/112021860

國家圖書館出版品預行編目資料

沒有人認識我的同學會（記得你封面版）／
王蘭芬圖文．
——初版——臺北市：大田，2024.02
面；公分．——（美麗田；166）

ISBN 978-986-179-854-7（平裝）

863.55　　112021860